HEINZ-E. KLOCKHAUS

Der letzte Tizian

und die

Expertise

Heinz-E. Klockhaus
Postfach 100246
D-42499 Hückeswagen
info@klockhaus-textdichter.de
www.klockhaus-textdichter.de
Bibliografische Information der Deutschen Nationalbibliothek:
Die Deutsche Nationalbibliothek verzeichnet diese Publikation in der Deutschen Nationalbibliografie; detaillierte bibliografische Daten sind im Internet über www.dnb.de abrufbar.

© 2023 Heinz-E. Klockhaus

ISBN: 978-3-7412-9330-6

Herstellung und Verlag:
BoD – Books on Demand, Norderstedt

Elvira saß in einem Sessel neben der Stehlampe und las in einem Buch, als ihr Handy läutete. „Ja, hallo Floh, ich grüße dich. Was gibt es? Hast du wieder ein Schnäppchen für mich?" „Hallo Elvira," sagte Floh, „ein Millionending habe ich für dich. Das wird der absolute Höhepunkt unserer Sendung *Antiqui- und Raritäten*. Das wird ein Kracher, meine liebe Elvira. Ein einmaliges Millionending. Das wird dich umwerfen!" „Na, na, na! Das hatten wir ja noch nie!" „Nein, so etwas hatten wir auch noch nie." „Lass hören!" „Morgen 16 Uhr im Bahnhofslokal Deutz," sagte Floh.

„Da sollen wir uns treffen?" fragte Elvira, „worum geht es denn?" „Elvira, nicht am Telefon, das ist zu brisant, der Deal ist zu heiß. Morgen 16 Uhr?" „Gib einen kleinen Hinweis, du machst mich neugierig." „Wie ich schon sagte, ein Millionending. Es geht um Millionen. Um viele Millionen. Elvira, glaub es mir, das haut dich um!" „Na gut, morgen um 16 Uhr im Bahnhofsrestaurant. Ich lasse mich überraschen. Aber so schnell haut mich nichts um." „Das haut dich um, Elvira!" wiederholte Floh noch einmal. „Also bis morgen." „Bis morgen." „Und einen schönen Abend," hörte Elvira schon nicht mehr, sie hatte schon die Verbindung unterbrochen. „Ach ja, der gute Floh," sagte Elvira, „der übertreibt mal gerne" und wandte sich wieder ihrem Buch zu.

Elvira saß bereits an einem der Tische in dem Bahnhofsrestaurant. „Hallo, Elvira!" „Floh? Ich hätte dich nicht erkannt. Wie siehst du denn aus? Wozu die Maskerade mit Perücke, Bart und Brille?" sagte Elvira. „Ich darf gar nicht hier gewesen sein heute," sagte Floh, „auch zu deiner Sicherheit. Wer weiß, wie sich die Sache entwickelt. Hast du schon was bestellt?" „Nein." „Kännchen Kaffee?" „Ja, gerne," sagte Elvira. Und Floh rief zu der Bedienung rüber: „Fräulein, zwei Kännchen Kaffee bitte." „Das scheint ja eine spannende Geschichte zu sein," sagte Elvira, „dass du es so geheimnisvoll machst." „Wo soll ich anfangen?" sagte Floh, „es ist ein ganz großes Ding. Du musst mir zunächst versprechen, wenn es Dir zu groß ist, dass du es mir sagst und dann aber mit keinem darüber redest." „Versprochen, spann mich nicht weiter auf die Folter," sagte Elvira. Nachdem die Bedienung den Kaffee gebracht hatte, sagte Floh: „Wir kriegen für unsere Sendung den letzten Tizian. Und ich mache die Expertise."

„T-i-z-i-a-n?" wiederholte Elvira langgedehnt. „Was heißt, den letzten Tizian? Einen original Tizian?" Floh nickte. „Von unschätzbarem Wert", sagte er. „Ein Original?" sagte Elvira ungläubig. „so etwas gibt doch keiner in unsere Sendung." „Es sei denn, er hat keine Ahnung, was er da für einen Schatz hat," sagte Floh, „den letzten Tizian, unsigniert." „Keine Ahnung? Unsigniert?" fragte Elvira. „Unsigniert, das macht ihn zum Original," sagte Floh. Tizian hat sein letztes Bild angeblich nicht mehr signiert." „Das müsste dann ja eine seiner neuen Himmelfahrtdarstellungen der Maria sein?" sagte Elvira. "Ich wusste es, du kennst dich aus. Vermutlich hat er es im Sommer des Jahres 1576 in Venedig gemalt." "Und das Bild kriegen wir in die Sendung?" fragte Elvira immer noch ungläubig. "Was ist das deiner Meinung nach wert?" fragte Floh. "Ja, du hast recht, das ist unschätzbar. Wer es unbedingt besitzen will, zahlt dafür jeden Preis. Das können zehn Millionen Euro oder Dollar werden, das können auch zwanzig t Millionen werden. Wie sind wir an das Bild gekommen?" "Ein alter Herr aus Venedig, er hatte dort den Auftrag, eine Villa auszuräumen, und als Lohn hat er sich dieses Bild gewünscht. Er hat dem Max gesagt, wenn er dafür tausend Euro bekommt, wäre es doch ein gutes Geschäft gewesen." "Tausend Euro? Für einen echten Tizian?" sagte Elvira lachend. "Und was schlägst du vor? Wie sieht unser Deal aus? Weiß der Max, dass es sich um einen Tizian handelt?" "Nein, um Himmelswillen! Keiner weiß das! Ich werde das Bild von einem unbekannten Meister auf zehntausend Euro taxieren. Da werden dich ja Schorschi und Norbert nicht überbieten." „Und wie ich dich kenne, willst du auch daran verdienen." „Ja, das ist doch wohl klar, bei so einem Objekt. Ich möchte von dir bis Freitag eine Million in bar. Mit dem Rest habe ich dann nichts mehr zu tun." „Eine Million? In bar?" Wie soll ich das denn machen?" Floh schlürfte an seiner Kaffeetasse. „Elvira, du weißt, handeln ist nicht meine Stärke. Und eine Million in bar, das sind doch höchstens zehn Prozent von dem, was du für das Bild wieder herausholst." „Die muss ich aber erst mal haben!" sagte Elvira. „Nein! Elvira, ich diskutiere nicht darüber. Entweder bis Freitag eine Million in bar für mich, oder wir lassen das. Wenn ich meine Expertise abgebe und der Verkauf an dich über den Sender geht, dann will ich das Geld haben. So eine Chance hat man nur einmal. Aber die hast auch du nur einmal." „Ich weiß nicht, ob ich so schnell eine Million auftreiben kann." „Dann schlage ich dem Schorschi den Deal vor, wenn du nicht magst." „Dem Schorschi? Bis du wahnsinnig!? Also gut, ich kriege das irgendwie hin. Zehntausend Euro für einen unbekannten Künstler und eine Million für dich." „Abgemacht?" – „Abgemacht!" „Zur Belohnung reicht es auch wieder für ein gemeinsames Schläfchen?" fragte Floh grinsend. Elvira nickte: „Mein Körper verlangt danach."

„Fräulein, bitte zahlen, beides zusammen." „Ja, Männlein," sagte die Kellnerin. „Die spinnt doch wohl!" sagte Floh. „Wieso? Sie hat doch Recht!" sagte Elvira. „Jetzt zeig mal Größe und gib ihr ein anständiges Trinkgeld." „Na gut, ich bin ja bald Millionär." „Floh, wenn du mich reinlegst, bring ich dich um." „Wie soll ich dich reinlegen? Ich sorge dafür, dass du in den Besitz von einem echten Tizian kommst. Alles andere liegt doch dann ganz bei dir. So ein Geschäft machst du in deinem ganzen leben nie wieder." „Du aber auch nicht!" „Das stimmt, win-win nennt man das." „Ich komme jetzt auf das gemeinsame Schläfchen zurück. Auch eine Art win-win," sagte Elvira. „Ja, mein Schatz, wir sind schon ein gutes Team!" „Ein gutes Team sind wir, aber mit dem Schatz, das muss ich mir noch überlegen," sagte Elvira, „mal sehen, wie das mit dem Deal ausgeht." „Aber du bist in der Lage, so kurzfristig die Million aufzutreiben?" „Ich hoffe das, obwohl ich sie nicht zu Hause in der Portokasse habe."

Der Aufnahmetag der Sendung *Antiqui- und Raritäten* war näher gerückt. Es war kein Tag vergangen, an dem sich Floh nicht telefonisch bei Elvira vergewissert hätte, dass alles wie verabredet bleibt. An diesem Abend ging es schon auf Mitternacht zu, als Elvira mit einem roten Lederkoffer vor der Tür von Floh erschien. „Eine Million Tizian-Scheinchen," sagte sie, „gebündelt und von einem zuverlässigen deutschen Bankbeamten abgezählt." „Auffälliger als in dem roten Koffer ging es wohl nicht," sagte Floh." „Unauffälliger ging es nicht," erwiderte Elvira. „In so einem roten Köfferchen erwartet man vielleicht aufreizende Unterwäsche, aber doch keine Million! Den Koffer schenke ich dir noch dazu."

„Komm rein," sagte Floh jetzt erst.

„Nein, ich bin gleich wieder weg. Wir sehen uns ja dann bei der Aufzeichnung der Sendung." „Hier vor der Tür übergibst du mir mal eben eine Million Euro?" sagte Floh. „Und du willst auch keine Quittung?" „Doch, die hätte ich natürlich gerne gehabt," sagte Elvira, „aber du hast doch darauf bestanden, dass es keinerlei Beweise für unseren Deal gibt." „Ja. Das freut mich, dass du das so akzeptierst. Glaub mir, es ist besser so. Du kriegst den Tizian, und Millionen Fernsehzuschauer können bestätigen, dass alles ganz legal gelaufen ist. Von einem Original weiß ja auch keiner was."

„Nachdem du jetzt die Million von mir hast, freu ich mich auf das Bild. Tschüss, Floh!" „Tschüss, Elvira. Komm gut nach Hause."

„Und pass auf den roten Koffer auf, der ist wertvoll!"

Max, Floh und Antonio standen vor dem Gemälde. „Ein schönes Bild hast du uns da mitgebracht," sagte Max zu Antonio, „ein schönes christliches Motiv. Woher hast du es, magst du das unseren Zuschauern erzählen?" „Ich hatte in Venedig bei der Auflösung einer Villa mitgeholfen und durfte mir dafür etwas wünschen." „Und da hast du dir dieses wunderbare Bild gewünscht," sagte Max. „Ja, so war das." „Unser Kunstexperte Floh hat es sich bereits angeschaut und kann uns ein bisschen über das Bild sagen." „Ja," begann Floh, „es ist ein schönes Bild im Stil der Venezianischen Malerei gemalt, - Öl auf Leinwand." „Kann man sagen, wer es gemalt hat?" fragte Max. „Leider nein," sagte Floh, „es hat weder ein Datum noch eine Signatur. Ich orte den unbekannten Meister, der das gemalt hat, nach Italien im 16. Jahrhundert." „Das würde ja passen," sagte Max, „wenn Antonio es aus einer Villa in Venedig hat.

Antonio, welche Preisvorstellung hast du denn, was du für das Bild haben möchtest?" "Wenn ich tausend Euro dafür bekomme, war es ja für mich ein gutes Geschäft," sagte Antonio. "Und was meint unser Kunstexperte dazu?" fragte Max. "Es ist ein sehr schönes Ölgemälde," sagte Floh, "auch der Rahmen scheint noch aus der Zeit zu sein. Nun, gut, es ist ein unbekannter Maler. Aber wer solche christlichen Motive mag, der wird dafür sicher auch zehntausend Euro zahlen. Meine Preis-Idee für das Bild ist acht bis zehntausend Euro." Max war begeistert und Antonio erst recht. "Holen wir die Kunsthändler dazu," sagte Max, "heute sind es Elvira, Schorschi und Norbert."

Elvira, Schorschi und Norbert kamen dazu und bestaunten das schöne Ölgemälde, während sich Floh verabschiedete. "Leider ohne Signatur," stellte Schorschi fest.

"Was sagt die Expertise?" "Ein unbekannter Meister, vermutlich aus Italien im Stil der Venezianischen Malerei." "Aber ein schönes

Bild," sagte Elvira, „mir gefallen solche Motive. Ich biete mal tausend Euro." „Zweitausend", sagte Norbert. „Dreitausend", sagte Schorschi." „Das ist schon ein schöner Preis für einen unbekannten Maler," sagte Norbert, „ich weiß nicht, ob ich da einen Kunden für habe. „Ich biete zehntausend," sagte Elvira. In dem Moment schellte das Handy von Schorschi. „Ja, wir sind auf Sendung, da will ich nicht….Bitte??? Bist du sicher? Dake!" Schorschi unterbrach das Gespräch, schaute Elvira an und fuhr fort: „Zwanzigtausend." Elvira war irritiert. Damit hatte sie nicht gerechnet. Ihr war klar, dass da jemand beim Schorschi angerufen hat, der ihm etwas über den Wert des Bildes gesagt hatte. Aber Elvira war eine Kämpferin und sagte zu Antonio: „Wollen Sie mir das Bild für fünfzigtausend Euro verkaufen?" Schorschi grinste Elvira an, machte aber kein weiteres Angebot, während Antonio völlig außer sich dem Verkauf zustimmte.

Wie immer nach der Sendung trafen sich die Akteure noch auf ein Glas in der Sender-Kantine. „Ein echtes Schnäppchen," sagte Schorschi, „ein echter Tizian für fünfzigtausend Euro." „Echter Tizian?" wiederholten Max Lampe und Norbert wie im Chor. „Ein echter Tizian," sagte Schorschi noch einmal, „der letzte Tizian, Marias Himmelfahrt, unsigniert. Liebe Elvira, dir ist ja wohl klar, dass ich es dir bei fünfzigtausend überlassen habe, weil wir uns die Sache teilen." Elvira lachte laut auf. „Teilen? Ich mit dir? Was und warum sollte ich teilen?" „Mädchen, wir haben es hier mit einem Millionenobjekt zu tun, das wirst du dir noch wohl nicht alleine in die Hamstertaschen stecken wollen." „Millionenobjekt?" sagte Max. „Ja, Max, unter zehn Millionen Euro geht der letzte Tizian nicht weg. Und Elvira weiß das ganz genau." „Das werden wir selbstverständlich teilen, wenn es zum Verkauf kommen sollte," sagte Max. Elvira lachte noch lauter als vorher. „Du willst auch was mithaben? Keinen Cent bekommt ihr. Das war für mich ein ganz normaler Kauf. Ich habe einen Preis geboten und dafür den Zuschlag bekommen. Wer sagt denn überhaupt, dass der Tizian echt ist?"

„Jetzt mach dich nicht lächerlich, Elvira," sagte Schorschi. „Wenn hier einer weiß, ob ein Bild echt ist, dann bist du das." „Und Floh," sagte Norbert. „Was willst du denn damit sagen?" fragte Max.

„Max, du glaubst doch wohl nicht, dass Floh den letzten Tizian einem unbekannten Meister zuordnet. Ich will euch mal was sagen, dem Floh und der Elvira war das bestimmt vorher schon wieder ein Schläfchen wert, wie Floh das nennt." „Also das verbittre ich mir!!!" sagte Elvira. „Warum ist der Floh eigentlich jetzt nicht hier?" fragte Schorschi. „Er musste dringend weg," sagte Max. Und Norbert scherzte: „Er ist zur Beichte."

„Hallo Elvira." „Hallo Norbert. Was für ein seltener Besuch!" „Darf ich reinkommen`?" „Ja, komm rein," sagte Elvira, „was führt dich zu mir." „Ich habe eine Flasche Champagner mitgebracht, wollte gerne mit dir anstoßen." „Hast du Geburtstag?" „Nein, nein," lachte Norbert, „auf den brillanten Kauf wollte ich mit dir anstoßen." „Den Tizian?" „Ja klar, was sonst!?" „Das ist ja eine noble Idee von dir." „Ich könnte dir helfen, ihn zu verkaufen." „Verkaufen? Den Tizian? Wenn ich ihn verkaufen will, mache ich das schon alleine." „Aber irgendwie gehört er uns doch sowieso gemeinsam." Elvira ließ ihr typisches klirrendes Lachen vernehmen. „Der Tizian gehört uns irgendwie gemeinsam?" wiederholte sie, „wie kommst du denn auf die Idee?"

„Elvira, ich finde das gar nicht lustig. Lass uns in Ruhe darüber reden. Du glaubst doch nicht, dass dir so ein Schnäppchen aus unserer Sendung alleine gehört." „Aus unserer Sendung? Was ist denn daran deine Sendung? Du bist da

ein Verkäufer, der die Möglichkeit hat, auf angebotene Gegenstände und Antiquitäten zu bieten. Da haben wir alle die gleiche Möglichkeit. Und wer am meisten bietet, der bekommt den Zuschlag. Muss ich Dir die Sendung erklären? Wer hat dich daran gehindert, auf den Tizian zu bieten? Nun gehört er mir. Und wenn ich ihn verkaufen will, brauche ich ganz bestimmt dich nicht dazu."
„Tut mir leid, Elvira", sagte Norbert, „das funktioniert so nicht. Du wirst dieses Geschäft nicht alleine machen. Da werde ich Mittel und Wege finden, das zu verhindern." „Du willst mir drohen?"

„Ich will dir die Fakten klarmachen. Dieses Geschäft machst du nicht alleine." „Du willst mir also drohen? Hör mal zu, du Idiot, ich bin rechtmäßiger Besitzer von dem Tizian. Da gibt es sogar Millionen Fernsehzuschauer, die das bestätigen können. Und jetzt klemm dir deine Champagner unter den Arm und verschwinde!"

„Ich werde das zu verhindern wissen," sagte Norbert noch einmal. „Verschwinde!!!"

„Hallo Elvira." „Hallo Schorschi. Nanu, Herrenbesuch? Komm rein! Was verschafft mir die Ehre?" „Ich dachte, wir reden mal unter vier Augen." „Worüber?" „Über den Tizian." „Da scheint es ja Gesprächsbedarf zu geben," sagte Elvira lachend. Setz dich." „Danke." „Und was willst du mit mir unter vier Augen besprechen?" „Okay, ich komme gleich auf den Punkt. Elvira, so dumm bist du nicht. Du weißt ganz genau, dass ich dir den Tizian überlassen habe, obwohl ich wusste, dass er echt ist." „Das kann ich weder bestätigen, noch dementieren," sagte Elvira. „Ist er denn echt?" „Elvira, mir ist das egal, welche Rolle Floh und seine Expertise dabei spielt. Aber ich erwarte von dir, dass wir brüderlich teilen." Da war wieder dieses klirrende Lachen von Elvira. „Brüderlich teilen?" sagte sie, „aber wie soll das gehen, ich bin eine Schwester." „Zieh es nicht ins Lächerliche," sagte Schorschi, „du weißt, was ich meine. Der Tizian gehört uns gemeinsam. Okay, abzüglich des

Kaufpreises, den du dafür bezahlt hast." „Mein lieber Schorschi, jetzt nenne mir mal einen vernünftigen Grund, warum ich irgendetwas mit dir teilen sollte? Ihr scheint alle den Verstand zu verlieren. Ich habe das höchste Gebot abgegeben, und damit gehört der Tizian mir. Mir ganz alleine! Ist das so schwer zu verstehen? Der Norbert war auch schon bei mir, er will auch die Hälfte. Ich glaube wirklich, ihr seid verrückt geworden."

„Was ist denn mit Floh? Der überlässt dir doch garantiert nicht den Tizian und hat beim Verkauf nicht die Finger im Spiel." „O, Schorschi, da kann ich dich beruhigen. Der Floh überlässt es voll und ganz mir, ob und an wen und zu welchem Preis ich den Tizian verkaufe". „Und bekommt von dem Verkaufspreis keinen Cent mit?"

„Und bekommt von dem Kaufpreis keinen Cent mit," bestätigte Elvira.

„Na gut, umso besser. Also wirst du mit mir gemeinsame Sache machen, einverstanden?" „Schorschi, du hast mir nicht zugehört.

Der Tizian, falls es einer ist, gehört mir. Den habe ich erworben. Damit hast du überhaupt nichts zu tun. Und wenn ich ihn verkaufe, hast du auch nichts damit zu tun. Jetzt kannst du mir nur noch drohen." „Drohen? Nein, ich drohe dir nicht, Elvira. Aber das Geschäft machst du nicht ohne mich. Ich hätte ja auch weiter bieten können." „Wer hat dich daran gehindert?" „Das will ich dir sagen. Erstens die Expertise vom Floh und zweitens, dass ich dir nicht unnötig den Preis in die Höhe treiben wollte. Elvira, sei vernünftig, das ist unser gemeinsames Geschäft. Von mir aus verkaufe ich das Bild und überweise dir dann den halben Verkaufspreis. Aber schlag es dir aus dem Kopf, dass du das Geschäft ohne mich machst. Daraus wird nichts!" „Schorschi, du gehst jetzt besser! Ich lasse mich doch von euch staubigen Brüdern nicht in meinem eigenen Haus bedrohen."

„Auch'n Bier?" fragte Norbert. „Ja," sagte Schorschi. „Fräulein, zwei Bier bitte!" „Was gibt es denn so Geheimnisvolles?" fragte Schorschi, nachdem die Bedienung das Bier gebracht hatte. „Ich will ganz offen zu dir sein," sagte Norbert, „ich war bei Elvira wegen des Bildes. Ich glaube nämlich, du hast recht, dass der Tizian echt ist, den sie ersteigert hat." „Mit Sicherheit ist er echt," sagte Schorschi." „Dann reden wir hier von einem Vermögen. Ich sehe nicht ein, dass Elvira das Geschäft alleine macht." „Aber was hast du damit zu tun, Norbert?"

„Schorschi, wenn der Tizian echt ist, dann geht es um Millionen. Und das weiß Elvira. Und vermutlich hat es tatsächlich auch Floh von Anfang an gewusst. Er hat ihr den Tipp gegeben, und sie stecken unter einer Decke." Schorschi lachte. „Unter einer Decke steckten die beiden sicher schon öfter mal. Wenn du verstehst, was ich meine." „Schorschi, willst du denen das Geschäft wirklich alleine überlassen?" „Ich habe auch mit Elvira gesprochen." „Und?" „Sie lacht nur." „Ja, das kenne ich auch. Das kennt man ja bei ihr. Sie hätte das Bild ersteigert und ihr gehört es, so einfach ist das für sie." „Ich hätte mehr bieten können, das habe ich ihr auch gesagt. Ich hatte einen Hinweis darauf, dass der Tizian echt ist. Also war ich es doch, der ihr das Geschäft überlassen hat." „Ja, Schorschi, das mag ja sein. Aber wir sollten da jetzt gemeinsam überlegen, wie wir alle etwas davon haben. Hast du noch einmal mit Max darüber gesprochen?"

„Mit Max Lampe? Um Gottes Willen. Der ist vertraglich an den Sender gebunden und müsste wahrscheinlich so einen Verdacht der Sendeleitung melden." „Verdacht?" „Ja, natürlich. Norbert, denk doch mal nach. Der Floh hat ein Verhältnis mit der Elvira. Das war nicht der erste Tipp, den sie von ihm bekommen hat. Er macht eine falsche Expertise und sie schlägt zu." „Aber wer ist dabei betrogen?" „Meine Güte, Norbert, bist du so naiv? Der Verkäufer ist betrogen. Er verlässt sich doch auf den sogenannten Kunstkenner und dessen Expertise. Was glaubst du, was los ist, wenn die Sendeleitung dahinterkommt. Dann kann der Floh noch mit einer Klage rechnen und der Max ist seinen Job auch gleich los." „Der weiß doch von nix!" „Ja, zumindest glauben wir das bisher."

„Du glaubst, dass der Lampe auch eingeweiht war?" „Norbert, ich weiß es nicht. Ich weiß es nicht!!!" „Dann teilen sich die Drei vielleicht den Braten, die Elvira, der Floh und der Max Lampe."

„Ist das ausgeschlossen? Ist das wirklich ausgeschlossen, dass die gemeinsame Sache machen?"

„Ich weiß nicht mehr, was ich glauben soll," sagte Norbert, „man kennt sich ja auch zu wenig, um es ihnen nicht zuzutrauen." „Bei solchen Summen kenne ich mich ja selbst nicht," sagte Schorschi. „Hast du schon mal einen echten Tizian verkauft?" Norbert lachte. „Dafür hätte ich gar keine Kunden." „Für solche Objekte braucht

man keine Kunden," sagte Schorschi, „dafür gibt es Auktionshäuser. Es gibt genug Kunstsammler, Millionäre und Oligarchen, die dafür ein Vermögen ausgeben."
„An Oligarchen würde ich gar nicht verkaufen." Schorschi lachte. „Da hast du recht, verkaufe du mal lieber alte Schuco-Autos, Spur H0-Eisenbahnen und Käthe-Kruse-Puppen an deine treue Kundschaft." „Was aber nicht heißen soll, dass ich hier auf eine Beteiligung verzichte!"

„Ein schönes Gemälde haben Sie uns da mitgebracht, Frau Krause," sagte Max Lampe, „woher haben Sie es?" „Das hat mir ein Onkel geschenkt. Und der sagte, er hätte es von einem Freund aus der früheren DDR bekommen." „Interessant, - und was sagt unser Kunstexperte dazu? Floh, was sagst du zu diesem schönen Bild?" „Ja, mir gefällt es auch," sagte Floh, „es ist eine wunderbare Landschaft, ein guter Pinselstrich, mit Öl auf Karton gemalt." „Ach, ist es nicht auf Leinwand?" fragte Max. „Nein, es ist auf Karton gemalt, aber wunderbar. Das Bild ist signiert von einem E. Bomba mit der Jahreszahl 1964 Berlin." „Also könnte es ja aus der DDR stammen," sagte Max. „Davon gehe ich aus," bestätigte Floh, „ein unbekannter früherer DDR-Maler. Ich habe recherchiert, konnte aber nichts über ihn finden." „Nun, Frau Krause, was möchten Sie denn für das wunderbare Bild mit dem kleinen See und der untergehenden Sonne gerne haben?" „Ich hatte so an zweihundert Euro gedacht," sagte Frau Krause. „Und was sagt unser Experte Floh dazu? Kann es den Wunschpreis bringen? Was sagst du, mein lieber Floh?" „Nun ja, es ist sehr schön und ansprechend, aber meine Expertise liegt ein bisschen darunter. Ich denke, so zwischen einhundert und einhundertundfünfzig Euro wären realistisch." „Frau Krause, würden Sie auch zu dem Preis verkaufen?" „Ja, es wäre ja ein kleiner Zuschuss zu meiner Rente." Also dann wollen wir mal hoffen, dass unsere Käufer Elvira, Schorschi und Norbert einen guten Tag haben und Ihnen das Bild abkaufen. Darf ich die Händler dazu bitten!?"

Elvira, Schorschi und Norbert kamen dazu, während sich Floh wieder zurückzog. "Wir haben hier ein wunderschönes Landschaftsbild aus den sechziger Jahren," sagte Max, „von einem Maler aus der ehemaligen DDR gemalt. Und das hier ist Frau Krause, die es euch gerne verkaufen möchte." Die Händler schwiegen. „Es ist Öl auf Karton," fuhr Max Lampe deshalb fort, „die Expertise von Floh lag zwischen hundert und hundertfünfzig Euro." „Ich bin nicht dabei," sagte Norbert." „Tut mir leid, ich auch nicht," sagte Schorschi. „Gar kein Angebot?" fragte Max etwas nervös. „Ich würde es auch für hundert Euro abgeben," sagte Frau Krause. „Soll Elvira es doch kaufen," sagte Norbert, sie steht doch so auf unbekannte Künstler." „Ja, das finde ich auch," sagte Norbert, „das ist doch wieder ein Schnäppchen für Elvira." „Ich biete Ihnen fünfhundert Euro für das schöne Bild," sagte Elvira zu Frau Krause, „wollen Sie es mir dafür verkaufen?" Max Lampe und Frau Krause strahlten um die Wette, während Elvira die fünfhundert Euro abzählte und der Frau Krause überreichte. Norbert und Schorschi schienen nicht besonders erfreut über diesen Ausgang gewesen zu sein. Diese Elvira war schon ein kleines Luder, mit allen Wassern gewaschen.

„Das hat sich Elvira ja richtig etwas kosten lassen, nur um uns eins auszuwischen," sagte Schorschi nach der Sendung. „Eins auszuwischen?" sagte Elvira und ließ ihr klirrendes Lachen vernehmen. „Wie meinst du das, Schorschi? Ein echter Bomba, und dann auch noch signiert. Wo kriegst du den für fünfhundert Euro. Ihr seid aber auch furchtbare Kunstbanausen. Das Bild hätte ich auch für zweitausend Euro gekauft." „Ist es soviel wert?" fragte Max Lampe. „O ja, mir ja. Mir ja!!!" sagte Elvira und lachte, und lachte, und lachte……

„Dann war ja die Expertise vom Floh viel zu niedrig," sagte Max Lampe." „Ja, sowas kann passieren," sagte Elvira. Norbert und Schorschi machten ein Gesicht, als hätten sie Elvira am liebsten umgebracht. Während sie nicht aufhörte zu lachen. „Ein echter Bomba!"

„Du hast das Landschaftsbild gekauft?" fragte Floh auf dem Weg aus dem Studio. „Habe ich etwas übersehen? Kennst du den Maler?" „Ich habe einer alten Frau für 500 Euro eine große Freude gemacht. Reicht das nicht?" „Bist du unter die Spender gegangen?" „Das Geld kriege ich für das Bild doch wieder. Meine Kunden schauen regelmäßig die Sendung. Die wissen nun, dass mir das Bild sogar zweitausend Euro wert gewesen wäre. Das wird nicht lange bei mir auf einen Käufer warten. Außerdem gab es wirklich in der DDR einen Maler Erich Bomba."

„Bei mir ist es heute nicht aufgeräumt. Gehen wir zu dir?" „Gehen wir zu mir!"

Elvira hatte gerade zwei Gläser aus dem Schrank geholt, da schellte es an der Haustür. „Du erwartest noch jemanden?" fragte Floh. „Ich erwarte niemanden! Moment, das wird sich gleich regeln." Elvira ging zur Haustür. Floh hörte sie bis ins Zimmer sagen: „Max, du???" „Elvira, wir müssen reden. Wir müssen unbedingt reden! Ich weiß, dass mit dem Tizian was nicht stimmt." „Mit welchem Tizian?" „Elvira, ich bitte dich, hör mit dem Versteckspiel auf. Wir müssen dringend reden."

„Aber doch nicht jetzt!" „Aber dringend!" „Max, rufe mich morgen an. Jetzt passt es wirklich überhaupt nicht." „Weil das Auto von dem Floh bei dir vor dem Haus steht?" fragte Max bissig, „du hörst von mir!"

„Max Lampe? Was will er? Über den Tizian reden? Ich wusste gar nicht, dass ihr privat Kontakt miteinander habt." „Haben wir auch nicht. Ich bin genauso überrascht wie du!" „Der steht einfach hier vor der Tür?" „Ja, du siehst es doch. Er will reden, sagt er. Über den Tizian will er reden." „Elvira, mir ist gar nicht gut bei dem Gedanken. Da braut sich was zusammen." „Was soll sich denn da zusammenbrauen?" „Die ahnen was." „Natürlich ahnen sie was. Norbert und Schorschi ahnen auch was. Aber sie wissen nichts!" „Norbert und Schorschi? Was ist mit Norbert und Schorschi?" „Sie haben mir beide einen Besuch abgestattet." „Alle beide?" „Ja, aber einzeln. Erst der Norbert. Dann der Schorschi." „Und was wollen sie?" „Floh, was können die wohl wollen? Sie wollen an dem Tizian beteiligt werden." „Die denken vielleicht, dass meine Expertise absichtlich so niedrig war." „Das denken sie nicht nur, das sagen sie auch!" „Und das sagst du jetzt erst??? Elvira, da tickt eine Zeitbombe! Und jetzt auch noch der Lampe! Elvira, das stehe ich nicht durch. Das geht nicht gut. Ich habe ein ganz schlechtes Gefühl."

„So, Max, dann erzähle mir mal in aller Ruhe, warum du mich so dringend sprechen willst." „Das weißt du ganz genau, - wegen dem Tizian natürlich!" „Wegen des Tizians," sagte Elvira. „Des Tizians, des Tizians!" sagte Max ungehalten, „es gibt ganz großen Ärger mit des Tizians!!!" „Mit dem Tizian," sagte Elvira. „Elvira, du machst mich wahnsinnig! Du weißt genau, was ich meine. Bitte, zieh das nicht ins Lächerliche. Wo ist das Bild eigentlich jetzt?" Elvira lachte hell auf, „das geht dich doch nichts an!" „Ich habe gestern einen Brief der Sendeleitung bekommen. Sie haben eine Sondersitzung einberufen." „Ich weiß." „Du weiß das?" „Ja, ich weiß das nicht nur, ich bin auch dazu eingeladen." „Und du machst dir deshalb keine Sorgen? Was bist du für ein Mensch?" „Max, jetzt hör mir mal gut zu. Worum und wofür sollte ich mir Sorgen machen. Ja, ich weiß, es geht um den Tizian. Da bietet wie in tausend anderen Fällen auch ein Zuschauer einen Gegenstand an. Wie in tausend

anderen Fällen auch wird dieser Gegenstand durch eine Expertise bewertet. Und wie in tausend anderen Fällen auch bekommt der den Zuschlag, der das höchste Angebot macht. Mit einem Zusatz: Der Verkäufer entscheidet, ob er bereit ist, zu dem Preis zu verkaufen. Und diesmal war der Gegenstand ein Gemälde. Und ich habe es gekauft. Wo liegt eigentlich euer Problem???" „Das will ich dir sagen, meine liebe Elvira." „Ich bin nicht deine liebe Elvira!" „Tausend Euro wollte der Verkäufer für das Bild haben. Achttausend bis zehntausend nannte Floh in seiner Expertise. Außer dir wollte keiner mehr mitbieten, bis Schorschi auf einmal zwanzigtausend in die Runde warf. Und dann hast Du das Spiel damit beendet, dass du gleich auf fünfzigtausend erhöht hast. Ich habe mir die Aufzeichnung noch mehrmals angesehen, auch die Mimik vom Schorschi. Du kannst dich darauf verlassen, das hat die Sendeleitung inzwischen auch getan."
„Das verstehe ich auch," sagte

Elvira, „es war ja auch eine wunderbare Folge!" Und dann ließ Elvira wieder ihr klirrendes Lachen ertönen. „Elvira, was ist da gelaufen? Welche Absprache gab es zwischen Floh und dir?" „Max, es ist besser, du gehst jetzt. Unser Gespräch ist hiermit beendet."

„Für wie dumm hältst du mich?" „Das will ich nicht sagen, sonst fasst du es noch als Beleidigung auf." „Wir sehen uns!" – „Ja, ich freu mich drauf, wir sehn uns! – Hast du dein Navi mit, oder findest du so zur Tür!?"

„Unverschämtes Weib! Ich werde die weitere Zusammenarbeit mit dir ablehnen." „Geh am besten auf der gleichen Schleimspur zurück, auf der du gekommen bist. Dann kannst du dich nicht verlaufen." Max Lampe hörte noch dieses klirrende Gelächter, als er schon im Treppenhaus war.

„Meine Dame, meine Herren. Ich begrüße Sie zu einer außerordentlichen Sitzung der Sendeleitung. Mein Name ist Stefan Sonntag. Ihr kennt mich ja alle, mehr oder weniger. Wie ihr schon aus der Einladung entnehmen konntet, handelt es sich um eine Sendung, die viel Staub aufgewirbelt hat. Kommen wir sofort zur Sache. Elvira, - wir sind ja per Du, - schildere du doch mal, wie sich aus deiner Sicht der Verkauf von dem Tizian-Gemälde darstellt."

„Tizian? Was für ein Tizian-Gemälde?" „Ach so, ja. Wir haben es in der Redaktion inzwischen als Tizian-Gemälde bezeichnet. Es ist bereits ein Tizian-Skandal."

„Du meinst also nicht das letzte Landschaftsbild, das ich für fünfhundert Euro gekauft habe."
„Nein, ich meine nicht das Landschaftsbild, das du für fünfhundert Euro gekauft hast. Ich meine natürlich das Tizian-Motiv Marias Himmelfahrt, das du für fünfzigtausend gekauft hast." „Und was willst du dazu noch wissen?"

„Bitte, Elvira, stell dich doch nicht so naiv an. Ein Verkäufer namens Antonio möchte tausend Euro für ein Gemälde, und du bietest dafür fünfzigtausend Euro an. Du musst doch zugeben, dass das nicht ganz normal ist." „Ja, das stimmt!" „Na also, dann schildere also bitte mal den Kauf aus deiner Sicht."

„Wie du schon sagtest, wäre dieser Antonio mit tausend Euro zufrieden gewesen. Dann aber kam die Expertise vom Floh, der das Bild mit achttausend bis zehntausend Euro schätzte. Ich wäre daraufhin bereit gewesen, diesen Preis zu zahlen, weil mir das Bild außerordentlich gut gefallen hat. Und dann provozierte mich der Schorschi plötzlich mit einem Gebot und grinste mich an. Ich weiß nicht, ob es ein großer Verlust für mich wird. Aber ich wollte nun das Bild auch haben und bot spontan fünfzigtausend. Ja, das ist alles. Dafür habe ich es dann ja bekommen, wie alle wissen." „Danke erst mal," sagte Stefan Sonntag, „Norbert, wie siehst du das?" „Ich glaube, ich habe ein kleines Angebot abgegeben, war aber nicht sonderlich an dem Bild interessiert, weil ich kaum Kunden dafür habe. Als dann höher geboten worden ist, war ich raus"

„Danke. Und Schorschi, deine Version!?" „Meine Version, - ja, meine Version," begann Schorschi, „ich fand das schon etwas seltsam, wie heiß Elvira auf dieses Bild war." „Was war ich?" fragte Elvira. „Fahr fort, Schorschi," sagte Sonntag. „Wie gesagt, ich fand das etwas seltsam. Und habe gedacht, ich starte mal einen Ballon und habe zwanzigtausend Euro geboten. Was mich da geritten hat, weiß ich selbst nicht. Und dann sagte ja bekanntlich die Elvira fünfzigtausend. Ich hatte also recht, sie wollte es um jeden Preis haben." „Wir haben auch Floh für heute eingeladen. Schade, dass er nicht erschienen ist." „Vielleicht kann uns Elvira den Grund nennen, warum Floh heute nicht da ist," sagte Norbert. „Woher sollte ich wissen, warum Floh nicht da ist? Ich bin doch nicht seine Aufsichtsperson."

„Nein, Aufsichtsperson nennt man das nicht, was du für ihn bist," sagte Norbert. „Es ist schade, dass wir das Original nicht mehr zur Verfügung hatten. Das ließe sich vielleicht nachholen. So haben wir zunächst anhand der Aufzeichnung versucht, eine zweite Expertise zu bekommen. Ich will euch das Ergebnis nicht vorenthalten: Der Sachverständige kommt aufgrund der Fernsehbilder zu dem Ergebnis, dass es sich durchaus um einen echten Tizian handeln könnte. Alles natürlich unter Vorbehalt!" sagte Stefan Sonntag. „Herr Lampe, Sie sind ja schließlich der Moderator der Sendung. Von Ihnen haben wir noch gar nichts dazu gehört."

„Was soll ich auch dazu sagen? sagte Max Lampe. „Ich hatte mich wie immer mit dem Verkäufer unterhalten, hab den Floh um seine Expertise gebeten und bin jetzt auch überrascht, dass das anscheinend ein außergewöhnlicher Vorgang war. Das habe ich gar nicht so erkannt gehabt." „Hat es Sie nicht gewundert, dass ein

Verkäufer tausend Euro aufruft und dann fünfzigtausend geboten werden?" „Doch, natürlich hat es mich überrascht. Ich habe ja auch die Elvira darauf angesprochen." „Wann?" „Später."

„Ich will Ihnen mal ein paar Zuschauerbriefe vorlesen, damit Sie sehen, was die von dem Fall halten. Hier schreibt zum Beispiel ein Karl Kemper aus Paderborn:

„Sehr geehrte Damen und Herren, wer hat da eigentlich wen betrogen? Das sah doch ein Blinder mit dem Krückstock, dass mit dem Verkauf des Bildes was nicht stimmte."

Bärbel Feldmann aus Wuppertal schreibt:

„Wann wurde schon mal ein Käufer während der Sendung auf seinem Handy angerufen? Ich kann mich an keinen Fall erinnern. Und dann warf Schorschi den Betrag von zwanzigtausend Euro in den Ring. Das sollte man den Zuschauern mal erklären!"

Doris Scheible aus Stuttgart schreibt.

„Sehr geehrte Redaktion,

was war mit dem Bild? Der Verkauf hatte doch Gschmäckle!!! Wurde hier der Zuschauer verarscht oder der arme Antonio über den Tisch gezogen?"

Und Clemens Müller aus Recklinghausen schreibt:

„Wie geht es bei Ihnen nach der Sendung weiter? Wird dann gemeinsam ins Fäustchen gelacht und die Abzocke unter den Beteiligten aufgeteilt?"

Einen lese ich Euch noch vor

Ehepaar Fleißner aus Leer schreibt:

„Wir hatten Max Lampe und die Sendung bisher für seriös gehalten. Was da mit dem Italiener und seinem Gemälde geplant war,

schreit zum Himmel. Wie soll man da den Expertisen trauen? Wer weiß, ob die fünfzigtausend überhaupt angemessen waren oder noch eine ganz andere Summe im Raum steht."

„Das sind ja massive Kritiken," *sagte Max Lampe.* „Ja," erwiderte Stefan Sonntag, „und das war nur eine kleine Auslese der Protestbriefe, die wir zu dieser Sendung erhalten haben. Deshalb hat die Sendeleitung entschieden, dass die Sendung bis auf weiteres mit sofortiger Wirkung eingestellt wird. Wir werden versuchen, die Hintergründe mit dem Tizian-Bild aufzuklären, ggf. dann sogar unsere Zuschauer über das Ergebnis zu informieren. Das ist ein immenser Imageschaden für unseren Sender!" „O ja, super, klärt das mal auf!" sagte Schorschi. „Und was ist mit mir?" fragte Max Lampe." „Na, du hast doch deinen Herzenswunsch erfüllt," sagte Elvira lachend, „du wolltest doch die Zusammenarbeit mit mir beenden." „Blöde Kuh," sagte Lampe.

„Na, ich muss doch sehr bitten," sagte Stefan Sonntag. „Was ist denn dann mit mir?" fragte Lampe noch einmal, „wenn die Sendung eingestellt wird. Was ist mit meiner Gage?" „Mit deiner Gage?" sagte Stefan Sonntag, „siehe § 12a des Vertrages, da heißt es: Wird die Sendung vorzeitig eingestellt oder unterbrochen, gilt der Vertrag für beide Seiten als erfüllt." „Erfüllt? Keine Fortzahlung? Keine Abfindung?" sagte Lampe.

„Was hatten die Zuschauer aus Leer nochmal geschrieben?" sagte Elvira zynisch, „sie haben Max Lampe bisher für seriös gehalten?" Und Elvira ließ wieder mal ihr klirrendes Lachen vernehmen. „Dir wird das Lachen noch vergehen!!!" „Ja, Max, es wird mir vergehen!!!" Und das Lachen von Elvira wurde noch schriller.

„Elvira, im Namen der Sendeleitung bitte ich dich, das Gemälde vorübergehend für eine weitere Prüfung zur Verfügung zu stellen."

„Das werde ich mit meinen Anwälten besprechen." „Ach!" sagte

Sonntag überrascht, „das ist ja interessant. Wozu brauchst du dafür einen Anwalt?"

„Wir können es auch anders machen," sagte Elvira, „ich stelle das Bild nicht zur Verfügung." „Dann lassen wir die juristischen Möglichkeiten durch unsere Anwälte klären," sagte Stefan Sonntag. „Welchen Anspruch will der Sender auf mein Eigentum haben?" fragte Elvira. „Ich habe Millionen Zeugen, dass ich das Bild gekauft habe." „Wir prüfen den Verdacht eines Betruges!" sagte Stefan Sonntag, „hast du das immer noch nicht verstanden?" „Vorsicht, sagte Elvira, „dass ihr nicht noch eine Verleumdungsklage verliert!". „Die Bemerkung nehme ich nicht zur Kenntnis. Damit ist die Versammlung geschlossen. Ich danke Ihnen für Ihr Erscheinen. Einen guten Tag allerseits."

Elvira starrte auf das leere Schaufenster und rüttelte immer wieder an der verschlossenen Tür. „Suchen Sie jemanden?" fragte ein junger Mann. „Ja, ich suche den Inhaber dieses Ladens. Was ist denn hier passiert?" sagte Elvira. „Den Floh?" fragte der junge Mann. „Ach, Sie kennen ihn?" „Ja, natürlich, der wohnt nicht mehr hier." „Der wohnt nicht mehr hier? Das verstehe ich nicht. Und sein Geschäft?" „Das ging alles ganz schnell," sagte der junge Mann. „Da kam ein Möbelwagen und hat die ganze Einrichtung aus dem Laden mitgenommen." „Und der Floh?" „Der ist auch weg. Er hatte nur einen roten Koffer bei sich und stieg in ein Taxi. Seitdem habe ich ihn nicht mehr gesehen." Elvira stand da wie angewurzelt.

„Mit einem roten Koffer stieg er in ein Taxi, nicht mehr gesehen," stammelte sie. „Ich kann ihm ja auch nichts ausrichten," sagte der junge Mann, „er ist ja weg." Aha!" sagte Elvira völlig konsterniert, „Floh ist weg. Mit einem Taxi und einem roten Koffer ist er weg. Mit einem Taxi und einem roten Koffer ist er weg! Mit einem Taxi und einem roten Koffer ist er weg!"

„Wohl etwas verwirrt die Dame," sagte der junge Mann, als Elvira, immer wieder diesen Satz murmelnd, in ihr Auto stieg und davonfuhr.

„Guten Morgen. Wir sind von der Kriminalpolizei. Dürfen wir reinkommen?" „Ja, bitte, kommen Sie rein," sagte Elvira zu den beiden Herren, „habe ich falsch geparkt?"

„Es geht um einen angeblichen Millionenbetrug mit einem Kunstwerk aus dem 16. Jahrhundert," sagte der Beamte. „Ein Millionenbetrug?" wiederholte Elvira, „mit einem Kunstwerk?" „Präzise gesagt, ein Gemälde des alten Meisters Tizian." „Ach ja, tizianrot," sagte Elvira, „das ist mir bekannt." „Mit dummen Sprüchen verbessern Sie die Situation nicht. Sie handeln mit Kunstwerken, wenn wir recht informiert sind," sagte der Beamte." „Ja, hin und wieder." „Und Sie haben im Rahmen einer Fernsehsendung ein Gemälde für fünfzigtausend Euro ersteigert." „Gekauft. – Gekauft habe ich es." „Und wo befindet sich das Bild jetzt?" „Es befindet sich rechtmäßig in meinem Besitz." „Und wo?" Dazu gebe ich keine Auskunft," sagte Elvira. „Sie werden des Betruges beschuldigt," sagte der Beamte. „Wie kann ich des Betruges beschuldigt werden? Ich habe ein Bild gekauft, wie viele andere auch schon vorher. Und später habe ich auch schon wieder ein Bild in der Sendung gekauft. Wer sagt eigentlich, dass es ein Bild von Tizian ist. Ja, zugegeben, es ist ein Motiv von Tizian. Wissen Sie, wie viele Maler schon die alten Meister mit ihren berühmten Werken kopiert haben?" „Und für so eine Kopie zahlen sie fünfzigtausend Euro?" sagte der Beamte. „Wenn Sie sich etwas kaufen, werden Sie dann auch des Betruges beschuldigt?" fragte Elvira.

„Aber das ist nicht Gegenstand unseres Besuches. Wir müssen Sie bitten, vorerst das Land nicht zu verlassen und das Bild, solange wir es nicht beschlagnahmen konnten, nicht zu veräußern. Ansonsten machen Sie sich strafbar." Da war das klirrende Lachen von Elvira wieder: „Das ist ja lustig. Ich werde des Betruges beschuldigt, ansonsten mache ich mich schuldig. Na gut, Sie machen ja auch nur Ihren Job."

„Und dann darf ich Ihnen diese Vorladung hier überreichen," sagte der Beamte, „Sie werden am übernächsten Mittwoch um 15 Uhr im Landgericht zu einer Sach-Erörterung erwartet. Bringen Sie bitte Ihren Personalausweis mit."

„Sach-Erörterung, aha!" wiederholte Elvira. „Sagen Sie mal, ist das hier im Lande jetzt unbescholtenen Bürgern verboten, jemandem ein Gemälde abzukaufen? Und wem ist die Kriminalpolizei eigentlich weisungsgebunden, dem Fernsehen? Entscheiden die jetzt, was der Bürger darf und was nicht? Und Sie springen wie die Hampelmänner und befolgen das?" „Gnädige Frau, das möchte ich jetzt nicht kommentieren!"

„Ja, wer schickt Sie denn?" „Wir handeln im Auftrag der Staatsanwaltschaft. Da liegt eine Anzeige gegen Sie vor, und dem haben wir nachzugehen." Elvira lachte wieder mit ihrer klirrenden Stimme. „Na, dann gehen Sie mal nach!"

Die beiden Herren verabschiedeten sich, und Elvira hatte eine schlaflose Nacht. Was tun? Konnte man ihr wirklich irgendetwas anhaben? Eventuell sogar den Tizian konfiszieren? Und Floh? Der war mit der Million verschwunden.

„Hallo Schorschi. Schön, dass du gekommen bist. Komm rein! Setz dich. Sekt hast du auch mitgebracht?" „Hallo Elvira. Ja, wie gewünscht, zwei Flaschen Sekt habe ich auch mitgebracht. Obwohl mich das alles doch sehr verwundert. Um nicht zu sagen: Irritiert." „Dass du Sekt mitbringen solltest? Das ist doch ganz einfach, weil ich im Moment keinen im Haus habe." „Du siehst übrigens gut aus, wenn ich das sagen darf." „Oh, danke!" „Unser letztes Gespräch war ja nicht gerade erfreulich," sagte Schorschi. „Lass uns das vergessen. Darum bist du ja jetzt hier. Und dafür haben wir den Sekt, dass wir es runterspülen können. Ist es nicht schade, wenn wir uns nicht verstehen? Es gibt doch eigentlich gar keinen rationalen Grund, dass wir uns streiten." „Nein, einen rationalen nicht! Ja, natürlich, das ist schade. Aber was für eine Kehrtwende auf einmal" „Schorschi, ich habe nachgedacht. Lass mich gleich zum Punkt kommen. Auch über den Tizian habe ich nachgedacht.

Wir haben uns doch früher immer gut verstanden und in den Sendungen sogar ergänzt. Oder etwa nicht?" „Ja, ja, - natürlich." „Und ich möchte nicht, dass dieses blöde Gemälde nun alles verändert. Es ist schon so viel geschehen seitdem. Komm, mach mal eine Flasche auf, ich hole Gläser."

Elvira und Schorschi saßen eng beieinander auf der Couch. „Auf dein Wohl, mein lieber Schorschi"," sagte sie. „Zum Wohle," sagte Schorschi, um kurz danach hinzuzufügen: „Du kannst ja richtig nett sein." Elvira lachte. „Ich kann noch viel netter," sagte sie und streifte ihm mit gespreizten Fingern einer Hand über den Oberschenkel. „Elvira, darf ich…?" „Ja!" „Darf ich dich….?" „Ja!" „Was?" „Ja, was?" „Darf ich dich küssen?" Elvira lächelte verführerisch und sagte. „Mein Körper verlangt danach." Sie hatten die erste Flasche geleert, da sagte Schorschi: „Ich glaube, ich könnte mich heute in dich verlieben." „Ich helfe dir dabei," sagte Elvira, „was hältst du davon, wenn wir die zweite Flasche Sekt im Bett trinken?" „Davon halte ich sehr viel," sagte Schorschi. „Über den Tizian reden wir später," sagte Elvira, „ich habe einen Plan!"

Als sich Schorschi von Elvira verabschiedete, wurde es schon wieder hell draußen. „Und es bleibt dabei?" fragte Schorschi, „wir teilen uns den Tizian?" Elvira ließ ihr schrilles Lachen ertönen und antwortete: „Das wäre zu schade um das Bild. Wir teilen nicht den Tizian, wir teilen den Erlös." „Und da kann ich mich auf dich verlassen?" „Schorschi, ja glaubst du denn, ich schlafe zuerst mit dir, um dich anschließend zu betrügen? Natürlich kannst du dich darauf verlassen! Das sind genug Millionen für jeden von uns." Dann verabschiedeten sie sich mit einem flüchtigen Kuss, wie ein altes Ehepaar, bei dem sie ihn morgens zur Arbeit verabschiedet.

Der Sendeleiter Stefan Sonntag und Elvira saßen sich an dem großen Eichentisch gegenüber. Vor Kopf saß der Staatsanwalt.

„Sie sind also diese berühmte Elvira aus der Fernsehsendung," begann der Staatsanwalt. „Ich weiß nicht, ob ich berühmt bin," sagte Elvira lächelnd. „Ja, das ist sie," sagte Stefan Sonntag, „das ist Elvira." „Und Sie wissen, warum Sie heute hier sind?" „Weil Sie mich vorgeladen haben," sagte Elvira. „Und Sie kennen den Grund, warum wir Sie vorgeladen haben?" „Ehrlich gesagt, Herr Staatsanwalt, kenne ich keinen Grund, warum Sie mich hätten vorladen müssen. „Das haben Ihnen unsere Beamten sicher erklärt. Sie werden des Betruges beschuldigt. Darüber liegt uns eine Anzeige der Fernsehgesellschaft vor, heute hier vertreten durch den Sendeleiter Herrn Sonntag." „Ja, ich kenne den Herrn. Bisher war er mir als normaler rational denkender Mensch bekannt." „Was wollen Sie denn damit sagen?" empörte sich Stefan Sonntag. „Schon gut, meine Dame, mein Herr. Bitte hier jetzt keine Wortgefechte austragen!"

„Aber sie hat...." „Nein, Herr Sonntag, Sie nicht und Sie auch nicht. Kommen wir zur Sache. Es geht um ein Gemälde, das Sie, Elvira, während einer Sendung für fünfzigtausend Euro erworben haben." „Ja, ich habe es gekauft."

„Und wo ist das Gemälde jetzt? Es ist doch vermutlich noch in Ihrem Besitz?" „Nein, Herr Staatsanwalt." „Nein??? Ja, wo ist es denn? Haben Sie es bereits veräußert?" „Nein, ich habe es auch nicht veräußert." „Also ist es juristisch betrachtet noch in Ihrem Besitz." „Nein, Herr Staatsanwalt. Das Bild war juristisch betrachtet auch nie in meinem Besitz." „Das verstehe ich jetzt nicht. Herr Sonntag, was sagen Sie dazu?"

„Die Dame lügt!" sagte Herr Sonntag. „Das verbitte ich mir. Herr Staatsanwalt, muss ich mir so etwas von diesem Herrn sagen lassen?" „Nein, das müssen Sie nicht. Herr Sonntag ich bitte Sie, sachlich zu bleiben. Aber, Elvira, Ihrer Argumentation, das Bild sei nie in ihrem Besitz gewesen, kann ich nun nicht folgen. Sie haben es doch während der Sendung gekauft. Das haben Sie mir doch auch eben noch bestätigt." „Ich musste ja auch damit rechnen, dass sie es nicht verstehen, Herr Staatsanwalt. Aber ich kann es Ihnen auch nicht erklären. Ich habe mein Ehrenwort gegeben, nie darüber zu sprechen. Ich bin an der ganzen Sache völlig schuldlos, Herr Staatsanwalt." „Ihr Ehrenwort? Ja, wem denn und wofür bedurfte es eines Ehrenwortes? Die Sache wird ja immer mysteriöser. Wollen Sie mir das nicht doch bitte erklären. Sie sind hier des Betruges angeklagt. Da muss es dann doch in Ihrem Interesse sein, die Sache aufzuklären, wenn Sie sich für schuldlos halten." „Ich kann aber nicht," sagte Elvira mit weinerlicher Stimme. Von mir aus fragen Sie Schorschi, vielleicht sagt der es Ihnen." „Schorschi? Wer ist denn nun Schorschi?"

„Das ist ein weiterer Kunsthändler aus unserer Sendung," sagte Herr Sonntag. „Ein weiterer Kunsthändler also." „Ja, ein Kollege von mir."

„Und Sie meinen, dieser Schorschi könnte etwas zu dem Fall beitragen?" „Aber er wird auch schweigen, Herr Staatsanwalt," sagte Elvira, „er hat es ja auch versprochen." „Zum Donnerwetter! Wir sind hier nicht im Kindergarten!" platzte es aus dem Staatsanwalt heraus. „Sie sagen mir jetzt, wo das Bild ist und was dieser Schorschi damit zu tun hat." „Ich weiß ja gar nicht, wo das Bild ist." „Herr Staatsanwalt, die Frau lügt doch, merken Sie das denn nicht?" sagte Sonntag.

„Bitte, Herr Sonntag, überlassen Sie das mir. Elvira, Sie behaupten also, gar nicht zu wissen, wo das Bild ist?" „Ja, das behaupte ich nicht nur, das ist so. Und wenn Sie mehr wissen wollen, versuchen Sie es mit Schorschi. Ich schweige jetzt dazu." „Dann müssen wir diesen Schorschi vorladen und einen neuen Termin anberaumen." „Das ist nicht nötig, Herr Staatsanwalt. Schorschi wartet draußen im Flur auf mich. Mein Auto sprang heute Morgen nicht an, da habe ich Schorschi gebeten, ob er mich hierher fahren würde. Und jetzt wartet er draußen auf mich." „Na; das trifft sich ja gut. Dann wollen wir mal hören, ob dieser Schorschi etwas zur Aufklärung beitragen kann. Herr Sonntag, darf ich Sie bitten, diesen Schorschi hereinzubitten? Sie kennen sich ja." „Ja, natürlich."

Stefan Sonntag ging zur Tür. „Schorschi, der Staatsanwalt möchte dich sprechen." „Mich?" „Ja, komm doch bitte mal rein."

„Sie sind also der Kunsthändler Schorschi," sagte der Staatsanwalt, „bitte, nehmen Sie doch neben Herrn Sonntag Platz." „Danke." „Sie wissen, worum es hier geht?" „Um Marias Himmelfahrt." „Bitte?" „Um das Gemälde von Tizian, Marias Himmelfahrt heißt es." „Ja, darum geht es. Ihre Kollegin Elvira hat angedeutet, dass Sie etwas über das Bild und dessen Verbleib sagen können."

„Ich???" „Ja, da war wohl was mit einem abgegebenen Ehrenwort. Und nun wird Ihre Kollegin hier des Betruges beschuldigt." „Elvira kann ja gar nichts dafür. Das Ganze ist einfach aus dem Ruder gelaufen." „Aus dem Ruder gelaufen. Ja, den Eindruck habe ich allerdings auch. Dann sagen Sie uns mal bitte, was da genau aus dem Ruder gelaufen ist. Schauen Sie nicht zu Ihrer Kollegin, sondern schauen Sie mich an. Wie verhält sich das mit dem Tizian?"

„Schorschi, meinetwegen musst du nichts sagen. Ich sage auch nichts mehr dazu." „Aber ich sehe doch nicht ein, dass sie dich hier anklagen. Du hast doch gar nichts gemacht." „Also wissen Sie auch, wo sich besagter Tizian jetzt befindet?" fragte der Staatsanwalt. „Ja, vermutlich bei Max Lampe im Wohnzimmer an der Wand," sagte Schorschi. „Bei wem? Max Lampe? War das nicht der Moderator der Sendung?" „Ja, das war der Moderator der Sendung," sagte Stefan Sonntag. „Ich verstehe nun gar nichts mehr." „Es wird auch immer verworrener," sagte der Staatsanwalt, „Schorschi, erzählen Sie weiter. Was hat Max Lampe mit dem Verbleib des Bildes zu tun?" „Ihm gehört es doch," sagte Schorschi. „Entschuldige, Elvira, aber es hat ja keinen Zweck, das weiter zu leugnen." „Also reden Sie!" „Max hatte Elvira und mich gebeten, für ihn das Bild zu kaufen. Er dürfe das vertraglich als Moderator nicht." „Das stimmt," sagte Sonntag, „das darf er nicht."

„Und deshalb hat er Sie gebeten?" „Ja. Max hat der Elvira vor der Sendung fünfzigtausend Euro in bar gegeben. Ich sollte kurz mit bieten, und Elvira sollte dann das Bild für den Preis kaufen. Das hat ja auch geklappt." „Ja, das hat ja auch geklappt," sagte der Staatsanwalt. „Und dann haben Sie auch Herrn Lampe das Bild überlassen?" „Er hat es ja bezahlt und auch gleich mitgenommen." „Dann ist Elvira nie im Besitz des Bildes gewesen? Das ist ja nun eine gewaltige Überraschung!!! Herr Sonntag, dann richtet sich Ihre Anzeige ja gegen die falsche

Person." „Wir erstatten selbstverständlich Anzeige geben Max Lampe." „Und ich werde mir gerichtliche Schritte gegen Ihren Sender vorbehalten," sagte Elvira. „Das kann ich sogar verstehen," sagte der Staatsanwalt, „dann sehen wir uns hier alle vermutlich bald wieder."

Stefan Sonntag saß wieder auf dem gleichen Platz des Tisches und die Kunsthändler Elvira und Schorschi saßen ihm gegenüber, während sich Max Lampe auf die Seite von Stefan Sonntag, aber einige Plätze weiter entfernt, gesetzt hatte.

„Ich begrüße die Kunsthändler Elvira und Schorschi, den Medien-Journalisten und Sendeleiter Stefan Sonntag und den ehemaligen Fernsehmoderator Max Lampe.

Dann wollen wir mal sehen, ob wir heute Licht ins Dunkel dieses Falles bringen können. Zur Sache habe ich Sie zunächst darüber zu informieren, dass der Sender die Anzeige gegen die Kunsthändlerin Elvira nicht zurückgenommen hat, sondern diese erweitert hat um deren Kollegen Schorschi und gegen den ehemaligen Moderator der Sendung, Max Lampe." „Gegen mich? Wieso denn gegen mich?" „Dazu kommen wir noch," sagte der Staatsanwalt." „Jetzt bin ich hier angeklagt?" sagte Max Lampe. „Herr Lampe, dazu kommen wir noch. Und Sie bekommen auch Zeit genug, sich zu den Vorkommnissen und Vorwürfen zu äußern." „Was denn für Vorkommnisse und Vorwürfe?" „Ich muss Sie bitten, mir jetzt den Ablauf zu überlassen, Herr Lampe," sagte der Staatsanwalt, „Sie bekommen noch genügend Gelegenheit, Fragen zu stellen und sich zu äußern." „So läuft das hier nicht!" beharrte Lampe. „Der Lampe wird nervös," sagte Elvira leise. „Das läuft hier noch ganz anders, Herr Lampe, wenn Sie sich jetzt nicht zurückhalten und mir den weiteren Ablauf überlassen. Ich möchte nur ungerne von meinen Disziplinarmöglichkeiten Gebrauch machen. Das fängt bei einer Ordnungsstrafe an." „Der wird nervös," sagte Elvira noch einmal.

„Es geht also um die Fernsehsendung, in der ein Gemälde, - nennen wir es ruhig Tizian, weil jeder weiß, was gemeint ist, in der dieser Tizian den Besitzer wechselte. Die Redaktion der Fernsehsendung hat vorgetragen, dass der Sender von den Zuschauern nach der Sendung dermaßen unter Druck gesetzt und beschimpft worden ist, dass sie sie genötigt sah, die Sendung vorerst abzusetzen. Das alleine ist wohl schon einmalig in der Fernsehgeschichte. Eine der Kernfragen war und ist wohl nach wie vor, ob es sich bei dem Gemälde tatsächlich um ein Werk des alten Meisters Tizian aus dem 16. Jahrhundert handelt, oder ob wir es hier mit der Kopie durch einen unbekannten Maler zu tun haben, wie es wohl in der Sendung der Kunstexperte in seiner Expertise vermutet hat. Eine zweite Expertise, der allerdings das Gemälde nicht vorlag und die sich ausschließlich auf die Fernsehbilder stützt, lässt die Möglichkeit offen, dass es sich tatsächlich um das Original „Marias Himmelfahrt" von Tizian handelt. Der Tatbestand, dass nach Aussage des Verkäufers dieses Bild in einer Villa in Venedig auftauchte, lässt diese Annahme zumindest auch zu. Das Gemälde selbst liegt der Staatsanwaltschaft bisher leider nicht vor. Bemerkenswert ist nun, wie es in der Sendung zu dem Verkauf des Gemäldes kam. Ich darf auch hier kurz die Fakten rekapitulieren, wie sie der Staatsanwaltschaft vorliegen. Ein Verkäufer namens Antonio hatte das Bild zum Verkauf angeboten. Er sprach von keinem Original, auch von Tizian war bis dahin keine Rede. Die Preisvorstellung des Verkäufers lag bei tausend Euro. Das entspricht den üblichen Abläufen der Sendung, indem die Verkäufer einen sogenannten Wunschpreis nennen, den sie gerne für die mitgebrachte Rarität erhalten möchten. An dieser Stelle kommt ein Kunstexperte ins Spiel, der den Gegenstand in Augenschein nimmt und schließlich eine Expertise dazu abgibt. Dies ist nötig, da es in der Sendung tatsächlich oft um wahre Kunstschätze geht, die der Laie nicht beurteilen, geschweige denn, bewerten kann. Im Falle des hier anstehenden Gemäldes kam der Kunstexperte zu dem Ergebnis, dass es sich um ein sehr schönes altes Bild von einem unbekannten Maler handelt. Er könne sich durchaus vorstellen, dass ein Kunstliebhaber bereit ist, dafür zwanzigtausend Euro zu bezahlen. Daraufhin rief der Moderator, Herr Lampe, die Kunsthändler hinzu. Meine Dame, meine Herren, stimmen Sie bis hierher mit dem Sachverhalt überein, oder habe ich irgendetwas anders dargestellt, als Sie es in Erinnerung haben?" „So war das," sagte Elvira. „Genau so," bestätigte Schorschi und Max Lampe sagte: „Ein wichtiger Hinweis fehlte noch in Ihrer Schilderung. Und zwar hat Floh festgestellt, dass das Gemälde nicht signiert war." „Floh ist der Kunstexperte, der die Expertise gemacht hatte," erklärte Stefan.

„Ja, vielleicht ein wichtiger Hinweis," sagte der Staatsanwalt. „es handelt sich also offensichtlich um ein nicht signiertes Gemälde. Ich verstehe nicht genug von dieser Kunst, um beurteilen zu können, ob es dann überhaupt ein Original sein kann." „Das haben wir inzwischen recherchiert," sagte Herr

Sonntag, „Tizian hat seine letzten Werke nicht signiert. Es kann sich also durchaus auch ohne Signatur um das Original handeln."

„Dann kommen wir zum Ablauf des Kaufgeschäftes," fuhr der Staatsanwalt fort. Drei Kunsthändler waren anwesend, die unter ihren Vornamen in der Sendung mitwirken. Dies waren ein Norbert, der hier offensichtlich keine wesentliche Rolle spielt, dann die Elvira und der Schorschi.

Ich habe mir die Aufzeichnung der Sendung angesehen. Interessant finde ich, dass der Experte von einem unbekannten Maler spricht, das Bild aber trotzdem aus dem 16. Jahrhundert vermutet. Und interessant ist der Ablauf, wie es zu dem Verkauf des Gemäldes kam. Ich darf das noch einmal ausführen. Elvira machte ein erstes Preisangebot von eintausend Euro. Norbert erhöhte auf zweitausend, erklärte dann, dass er keinen Kunden dafür hat und stieg aus. Schorschi setzte den Tausendersprung fort und bot dreitausend Euro, worauf Elvira doch deutlich ihr Interesse an dem Gemälde zeigte und auf zehntausend erhöhte. Hier geschah etwas Merkwürdiges. Bei Schorschi klingelte das Handy. Man konnte vernehmen, dass er keinen Anruf während der Sendung wünschte, und er warf dann zwanzigtausend Euro als Angebot in die Runde.

Diesen Preis konterte Elvira mit fünfzigtausend Euro und stellte dem Verkäufer auch gleich die Frage, ob er ihr das Bild für fünfzigtausend Euro verkaufen würde. Der Verkäufer stimmte zu. Abgesehen von den erheblichen Preissprüngen schien der Verkauf so abgelaufen zu sein wie jeder andere auch. Und dann kamen die Zuschauerproteste und gleich die mehrfache Behauptung von Zuschauern, das wäre nicht mit rechten Dingen zugegangen, der Tizian sei echt und habe einen Wert von mehreren Millionen Euro. Erst dadurch wurde die Sendeleitung darauf aufmerksam, dass hier irgendetwas nicht stimmen konnte und erstattete schließlich Anzeige gegen die Käuferin Elvira." „Und was haben wir damit zu tun?" fragte Max Lampe, „ich hatte keinen Grund, an der Expertise zu zweifeln. Und auf die Gebote habe ich als Moderator ja keinen Einfluss."

„Ja, Herr Lampe, das ist aber jetzt so, dass Sie nun als der Hauptangeklagter angesehen werden?" „Ich??? Ich habe doch lediglich die Sendung moderiert." „Sie sollen ja nun im Besitz des Gemäldes sein." „Das ist doch nicht zu fassen! Das glauben Sie doch wohl selbst nicht!" Lampe war außer sich. „Wie soll ich im Besitz des Gemäldes sein, das Elvira gekauft hat? Herr Sonntag, wer kommt denn auf so eine Idee? Sagen Sie doch mal was dazu!!!" „Wir hatten hier schon eine Sitzung," sagte Stefan Sonntag, „und dabei stellte sich heraus, dass Sie wohl den Tizian haben." „Das ist doch Wahnsinn! Wer behauptet denn so etwas? Das ist doch purer Wahnsinn!!!" „Max, beruhige dich," sagte Schorschi, „und entschuldige, dass ich dir gegenüber mein Wort nicht gehalten habe.

Ich konnte doch nicht zusehen, wie Elvira unschuldig angeklagt wird, sie hätte sich an dem Tizian bereichert. Dass das so ausgeht, konnte keiner ahnen, Max. Ich musste die Wahrheit sagen. Verzeih mir bitte." Max Lampe rannte durch den Saal und schnaubte vor Wut. „Was für eine Wahrheit, was für ein Wort hast du mir gegeben. Herr Staatsanwalt, was wird hier gespielt?"

„Bitte, setzen Sie sich wieder," sagte der Staatsanwalt, „so lösen wir das ja nicht. Kunsthändler Schorschi behauptet, dass Sie den Kauf des Gemäldes in Auftrag gegeben haben und Elvira das Bild für Sie gekauft hat."
„Aber das ist doch Unsinn!" sagte Lampe. „Elvira, du kannst das doch aufklären. Sag dem Staatsanwalt, dass das Unsinn ist!"
„Max, ich habe Dir mein Ehrenwort gegeben, nichts zu sagen. Und ich habe nichts gesagt. Das musst du mir glauben. Dass der Schorschi nun mit der Wahrheit rausgekommen ist, dafür kann ich nichts." Max Lampe sprang wie-

der von seinem Platz auf. „Was denn für eine Wahrheit? Was für ein Ehrenwort? Habe ich es hier nur mit Verrückten zu tun?" Max Lampe lief nach vorne, stellte sich neben den Staatsanwalt. „Herr Staatsanwalt, habe ich es hier nur mit Verrückten zu tun?" wiederholte er noch einmal."

„Setzen Sie sich mal wieder auf Ihren Platz," sagte der Staatsanwalt. Und dann will ich Ihnen mal erzählen, wie sich mir der Fall jetzt darstellt. Sie haben gewusst, dass ein Verkäufer einen vermeintlich echten Tizian anbietet. Bevor die Sendungen stattfinden, sind Sie ja bereits über die Objekte, die dort angeboten werden, informiert und haben auch Zugang zu Vorab-Expertisen. Stimmt das so bis hierher." „Ja, das stimmt schon, aber ich hatte doch keine Ahnung…" „Lassen Sie mich fortfahren. Sie wussten also, dass hier ein echtes wertvolles Gemälde aus dem 16. Jahrhundert zum Verkauf kam und dass es um einen Millionenwert ging.

Diese Bild wollten Sie nun haben. Da Sie Ihr Vertrag mit dem Fernsehsender daran hindert, selbst als Käufer aufzutreten, brauchten Sie also eine Person, die für Sie dieses Gemälde kauft. Da es hier um eine besonders hohe Summe ging, wollten Sie den Kauf absichern, indem Sie gleich zwei Kunsthändler in Ihren Plan einweihten, nämlich Elvira und Schorschi. Während Schorschi ein bisschen bluffen sollte, hatte Elvira von Ihnen den Auftrag, das Bild für fünfzigtausend Euro zu kaufen." „Das ist doch Wahnsinn, was Sie hier erzählen," sagte Lampe. „Nun, es war ja kein Wahnsinn," sagte der Staatsanwalt, es hat ja alles geklappt, wie Sie das geplant hatten. Herr Lampe, wo ist das Bild? In diesem Moment, während wir hier über den Fall reden, wird bei Ihnen zu Hause eine Hausdurchsuchung durchgeführt. Was glauben Sie, finden wir da den Tizian?" „Eine Hausdurchsuchung? Bei mir? Mit welchem Recht?" „Mit dem Recht der Verdunkelungsgefahr." Max

Lampe legte den Kopf auf den Tisch. „Sie müssen alle wahnsinnig sein!" sagte er. „Bin ich denn hier im Irrenhaus gelandet?" „Herr Lampe, bitte, wählen Sie andere Worte!" ermahnte ihn der Staatsanwalt. „Sie haben Elvira vor der Sendung die fünfzigtausend Euro in bar gegeben und auch das Bild an sich genommen. Ich sehe keinen Grund, an dieser Aussage zu zweifeln." „Hören Sie mir mal zu, Herr Staatsanwalt, ich habe bei dem Sender einen anständigen Job gemacht. Man war immer zufrieden mit mir und ich wäre gar nicht auf die Idee gekommen, mich an irgendeinem Objekt selbst zu bereichern." „Na, na, na," sagte Elvira. „Was soll das denn heißen?" fragte Max Lampe. „Ja, das interessiert mich jetzt allerdings auch," sagte der Staatsanwalt." „Und was war mit der englischen Vitrine, die der Schorschi für dich gekauft hat?" „Ach, die Vitrine," sagte Lampe. „Und die Dürer-Kopie, die auch die Elvira für dich für fünfzehntausend Euro gekauft hat. Was ist

denn damit?" „Das scheint ja ein Sumpf gewesen zu sein," sagte Stefan Sonntag. „Also war das gar nicht das erste Mal, Herr Lampe, dass ein Kunsthändler für Sie etwas in der Sendung gekauft hat?" „Mit dem Tizian habe ich nichts zu tun!" „Aber mit einer Vitrine und einer Dürer-Kopie, das bestätigen Sie!?" fragte der Staatsanwalt."
„Ja, das bestätige ich."

„Das ist ja ein weiterer Fall für unsere Rechtsabteilung," sagte Stefan Sonntag. Dem Moderator ist es vertraglich untersagt, selbst als Käufer von Objekten aus der Sendung tätig zu werden. Das ist ein grober Verstoß gegen den Moderatorenvertrag." „Wisst Ihr, was Ihr mich alle könnt?" sagte Max Lampe, „das ist hier keine Staatsanwaltschaft, das ist ein Kasperletheater mit lauter Narren und Witzfiguren!" und verließ den Saal.

„Kasperletheater mit Narren und Witzfiguren, das hat ein Nachspiel," sagte der Staatsanwalt.

„Wohin fahren wir, Chef?" fragte der junge Polizeibeamte. „Wir fahren nach Hückeswagen zur Bevertalsperre," sagte der Beamte, „das Fernsehen hat einen anonymen Hinweis darauf bekommen, dass Max Lampe dort ein kleines Ferienhaus besitzt. Das sollten wir uns mal genauer ansehen." „Suchen wir nach dem Bild?" „Ja; wir suchen immer noch nach dem Bild. Jetzt ist dieser Lampe der Hauptverdächtige." „Ist ja spannend, Chef." „Eine schöne Gegend hier. Die Bever, wie sie kurz genannt wird, ist im Sommer ein beliebtes Ausflugsziel zum Segeln, Schwimmen und Sonnenbaden. Ich war hier früher ein paar Jahre im Angelverein. Das sind ganz begehrte Plätze. Acht Jahre Wartezeit hatten die, bis man Mitglied werden konnte. Wenn man keine Beziehungen hat." „Aber Sie hatten Beziehungen, Chef." „Na ja, ein Jahr musste ich auch ungefähr warten. Ich habe hier so manchen Hocht geblinkert." „Geblinkert?" „So nennt man das in der Anglersprache, wenn man mit einem Blinker auf Raufische geht. Blinker, das sind Köder aus Metall mit einem Drilling dran. Die drehen sich, wenn man sie durch das Wasser zieht. Und dann hält es der Hecht für eine Beute." „Interessant, Chef. Ich habe keine Ahnung vom Angeln." „Manchmal kommt man auch ohne Fang wieder nach Hause." „Ist das nicht langweilig, Chef?" „Das ist doch nicht langweilig. Das ist spannend. Immer zu hoffen, dass ein großer Hecht anbeißt. Und wenn er anbeißt, hat man ihn noch lange nicht an Land. Die haben Kraft, die wehren sich, wenn sie merken, dass sie an der Angel hängen. Stell dir das ja nicht so einfach vor, einen großen Hecht aus der Bever zu ziehen." „Ich glaube Ihnen das, Chef." „Da ist die Zornige Ameise, hier müssen wir noch vorbei. Wir sind gleich da. Siehst du, da unten, das ist schon die Bevertalsperre." „Ja, ja, ich sehe es!"

„Hier vor uns auf der rechten Seite, das ist die Hütte vom Lampe.

Komm, steig aus." „Sie sind sicher, Chef?" „Ganz sicher!" „Wie kommen wir denn da rein?" „Durch die Tür!" „Meinen Sie, da ist jetzt einer, Chef?" „Davon gehe ich nicht aus, aber wir werden sicherheitshalber erst mal klopfen." „Da ist auch eine Schelle, Chef. Da steht ja sogar M. Lampe." „Dann drück drauf!" Der junge Polizist drückte mehrmals auf den Schellenknopf. „Es öffnet niemand. Scheint keiner da zu sein."

Der Chef holte eine kleines Leder-Etui aus seiner Jackentasche, in dem sich kleine Werkzeuge befanden. „Dann wollen wir mal öffnen," sagte er. „Sie kriegen die Tür auf, Chef?" fragte der junge Polizist. Der Chef lachte. „Ist schon passiert. Komm rein! Du untersuchst die Möbel, die Wände, den Fußboden, ob irgendwo ein Hohlraum ist, ein Brett los ist, sich ein Versteck verbergen könnte. Verstehst du?" „Ja, Chef." Und ich gucke mir mal den Inhalt der Schränke an. Vielleicht gibt es irgendwo einen Hinweis, der für uns wichtig ist. Handschuhe nicht vergessen! Also los, an die Arbeit!"

Die beiden Beamten hatten sich etwa eine halbe Stunde schweigend in der Hütte aufgehalten, da rief der junge Polizist ganz aufgeregt: „Chef, kommen Sie mal! Kommen Sie mal schnell!!! – Ich habe hier in dem Bett auch die Matratze mal hochgehoben. Gucken Sie mal, was da auf dem Lattenrost liegt." „Mensch Junge, ich werde wahnsinnig," sagte der Chef. „Das ist das Bild, wonach wir suchen. Das ist Marias Himmelfahrt!!! Ich werde wahnsinnig!!!"

„Ja, sieht auch aus wie eine Himmelfahrt," sagte der Polizist, „ich habe gedacht, guck auch mal unter die Matratze." Der Chef nahm überwältigt seinen Mitarbeiter in den Arm. „Das gibt eine Beförderung!" „Wirklich?" „Zumindest eine moralische," sagte der Chef. „Keine höhere Besoldungsgruppe?" sagte der junge Polizist. „;Mein lieber junger Freund. Denken Sie jetzt nicht an die Besoldungsgruppe. Wir kommen mit einem riesigen Fund von diesem Einsatz zurück. Vielleicht der Fund unseres Lebens." „Chef, der Fund unseres Lebens, und ich war dabei." „Du warst nicht nur dabei, Du hast den Tizian entdeckt. Mit kriminalistischem Spürsinn hast Du ihn entdeckt." „So habe ich das ja noch gar nicht gesehen, Chef." „Du kannst stolz auf dich sein, ganz, ganz stolz!. So, jetzt unbemerkt damit ins Auto. Leg die Matratze wieder richtig rein, richte alles so her, wie es vorher war.

Der Staatsanwalt wir Augen machen! Der wird Augen machen!!!"

„Aber eine höhere Besoldungsgruppe hätte mir auch gefallen."

„Wer weiß, wer weiß. Vielleicht kommt das ja alles noch! Das ist ein historischer Tag, mein junger Freund! Wir schreiben heute Kunstgeschichte." „Und Kriminalgeschichte!" „Ja, Kollege, Kunstgeschichte und Kriminalgeschichte. „Was du da in der Hand hältst, ist Millionen wert. Siehst du, junger Freund, wie wichtig es ist, dass man zu solchen Einsätzen immer zu zweit fährt. Alleine mit so einem wertvollen Fund, von dem niemand etwas weiß, das könnte einen schon für einen Moment schwach werden lassen." „Wie meinen Sie das, Chef?" „Da könnte man schon überlegen, was wäre denn, wenn ich das Bild für mich behalte. Es gibt ja keine Zeugen. Man hätte ja für sein ganzes Leben ausgesorgt." „Auf mich können Sie sich ganz verlassen, Chef." „An so etwas wollen wir gar nicht erst denken. Es war ja nur ein Beispiel für die Polizeiausbildung." „Ach so!"

„Sie scheinen nicht nur Freunde zu haben, Herr Lampe," sagte der Staatsanwalt. „Ich weiß nicht, worauf Sie hinauswollen," antwortete Max Lampe. „Jetzt wäre Gelegenheit für ein Geständnis," sagte der Staatsanwalt. „Für ein Geständnis? Was soll ich gestehen?" „Herr Lampe, das Spiel ist aus. Wann waren Sie das letzte Mal in Ihrem Wochenendhaus?" „In meinem Wochenendhaus?" „Ja, Sie haben doch an der Bevertalsperre ein Wochenendhaus, oder?" „Ach so, ja. Da habe ich ein kleines Wochenendhaus. Dort halte ich mich hin und wieder im Sommer auf. Und was wissen Sie darüber? Was haben Sie damit zu tun?" „Menschen, die nicht Ihre Freunde zu sein scheinen, haben uns einen anonymen Hinweis gegeben, dass Ihr Haus an der Bever für uns sehr interessant sein könnte. Und stellen Sie sich vor, Herr Lampe, er war für uns sehr interessant." „Tut mir leid, Herr Staatsanwalt, aber ich kann Ihnen nicht folgen. Ich weiß nicht, was Sie von mir wollen und was Sie mit meiner Hütte an der Bever zu tun haben." „Das können Sie sich gar nicht vorstellen, nicht wahr?"

„Nein, das kann ich mir gar nicht vorstellen." „Dann kommen Sie doch mal näher zu mir. Ich habe hier auf dem Tisch ein weißes Tuch ausgebreitet. Was glauben Sie, Herr Lampe, was sich unter diesem Tuch befindet?" „Ein kaltes Buffet vielleicht. Wollen Sie mich zum Essen einladen?" „Es ist wohl eher eine kalte Dusche für Sie, Herr Lampe. Dann schauen Sie mal. Ich nehme das Tuch jetzt weg." Max Lampe stand da mit großen Augen und aufgerissenem Mund. „Der Tizian!!!" sagte er. „Der Tizian," wiederholte der Staatsanwalt. Damit haben Sie nicht gerechnet, oder?" „Nein, damit habe ich wirklich nicht gerechnet." „Und jetzt wollen Sie mir dazu was erklären?" „Was soll ich Ihnen dazu erklären? Das ist ja schön, dass er wieder aufgetaucht ist." „Herr Lampe, wie lange wollen Sie das noch durchhalten? Mehr beweisen können wir Ihnen doch nun wirklich nicht, als Ihnen das Bild zu präsentieren. Ihr Versteck war gut. Aber nicht gut genug." „Mein Versteck? Was für ein Versteck?" In dem Moment betrat ein älterer Herr den Raum. „Ich sollte mir hier ein Gemälde ansehen," sagte er ohne Umschweife. „Ah, Sie sind der Professor," sagte der Staatsanwalt. „Das ist schön, dass Sie kommen konnten. Ich will Sie auch nicht so lange aufhalten. Meine Sekretärin sagte mir schon, dass Sie sehr wenig Zeit haben. Schauen Sie hier, Herr Professor. Hier vor mir liegt das Gemälde." „Ja, ich hatte mich schon damit befasst und mir auch die Aufzeichnung der Fernsehsendung angeschaut. Dann lassen Sie mich mal einen Blick darauf werfen. Sehr gut gemalt. Das ist eindeutig Marias Himmelfahrt von Tizian." Also handelt es sich um das Original!?" sagte der Staatsanwalt. Der Professor lachte. „Nein, das Original ist es ja nun wirklich nicht. Aber das hier ist auch nicht das Werk, das in der Fernsehsendung verkauft worden ist." „Das ist nicht das

Werk, das in der Fernsehsendung verkauft worden ist?" wiederholte der Staatsanwalt. „Natürlich ist es das Bild, das in der Fernsehsendung verkauft worden ist." Der Professor lachte wieder. „Eine sehr gute Imitation. Aber schauen Sie, der Pinselstrich, die Leinwand und vor allem die Farbe. Dieses Bild ist noch kein halbes Jahr alt." „Da sind Sie sicher?" „Da bin ich absolut sicher!!!" sagte der Professor. „Dann habe ich meine Mission hier wohl erfüllt. Ich werde mir erlauben, eine kleine Rechnung zu schicken." „Und bestätigen Sie uns das bitte auch noch schriftlich?" „Gerne, gerne, Herr Staatsanwalt. Wirklich eine gute Arbeit!!!" Und damit verabschiedete sich der Professor wieder. „Herr Lampe, was sagen Sie denn dazu?" „Es wird langsam zur Komödie," sagte Max Lampe, „woher haben Sie denn das Bild? „Stellen Sie sich doch nicht so dumm an! Aus Ihrem Bett natürlich!" „Aus meinem Bett? Sie haben dieses Gemälde aus meinem Bett? Sagen Sie mal, Herr

Staatsanwalt, ich will Ihnen nicht zu nahe treten, aber brauchen Sie ärztliche Hilfe?" „Herr Lampe, ich habe Sie schon einmal gnädig mit einer gebührenpflichtigen Verwarnung verschont und muss Sie bitten, Ihre Wortwahl unter Kontrolle zu halten". „Dann erklären Sie mir doch bitte mal, was ich mit diesem Bild zu tun habe und was Sie mit dem Bett in meinem Haus an der Bever zu tun haben." „Dieses Bild hier befand sich unter der Matratze in Ihrem Bett, Herr Lampe. Hören Sie doch endlich mit dem Versteckspiel auf. Ich weiß noch nicht, wie Sie das gemacht haben, Herr Lampe. Aber das hat ein fürchterliches Nachspiel für Sie."
„Das Bild befand sich im Bett von meinem Wochenendhaus? Das wird ja immer abenteuerlicher, was Sie mir hier auftischen. Gucken Sie mal unter meinem Bett, vielleicht liegt da ja auch der Herr Tizian persönlich. Vielleicht stecke ich ja mit dem Professor unter einer Decke, und es ist doch das Original," sagte Lampe lachend. „Herr Staatsanwalt, man weiß ja

nie! Wem kann man denn heutzutage noch trauen? Ich kann dann jetzt wohl auch gehen. Auf Wiedersehen, Herr Staatsanwalt. Und wenn Sie mal wieder eine schöne neue Geschichte haben, geben Sie mir Bescheid. Ich werde in der Zwischenzeit prüfen, ob das nicht Hausfriedensbruch war, wenn jemand in meine Hütte eingedrungen ist." „Also geben Sie zu, dass Sie dort dieses Gemälde versteckt haben?" „Ja, und unter dem Bett liegt der Maler. Auf Wiedersehen, Herr Staatsanwalt." Worauf Sie sich verlassen können!!!"

„Schön, dass dein Körper wieder danach verlangt," sagte Schorschi. „Habe ich das gesagt?" fragte Elvira. „Ja, das hast du am Handy gesagt." „Dann wird es wohl so sein!" „Elvira, ist das jetzt die Ruhe vor dem Sturm? Man hört nichts vom Sender, man hört nichts mehr von der Staatsanwaltschaft." „Das wird sich ganz schnell ändern," sagte Elvira mit ihrem klirrenden Lachen. „Meinst du?" „Ich bin ganz sicher. Vielleicht rotieren die schon alle wieder, wir wissen es nur noch nicht.

Ich habe da eine kleine Zündschnur gelegt." „Eine Zündschnur?" „Ich habe der Redaktion vom Sonntag einen anonymen Brief geschrieben mit einer Lageskizze von dem Wochenendhaus an der Bevertalsperre." „Ein Wochenendhaus? Was denn für ein Wochenendhaus?" „Kannst du dich an die Geburtstagsfeier von dem Max erinnern?" „Ach ja, natürlich, das war an der Bever." „Genau! Da haben wir doch in seinem Wochenendhaus bis am frühen Morgen gefeiert. Von dem

Wochenendhaus rede ich." „Und was ist mit der Skizze." „Die ist nur dazu da, dass sie das Haus auch finden." „Elvira, ich kann dir nicht folgen." „Ich erkläre es dir ja. Ich kenne einen jungen Mann, einen besonders talentierten jungen Mann. Er studiert Kunst, Schwerpunkt venezianische Malerei und die Meister der Hochrenaissance." „Interessant!" „Ja, das ist interessant. Und Kunststudenten freuen sich über jeden Euro, den sie nebenher verdienen können. Um es kurz zu machen: Ich habe den jungen Mann gefragt, ob er mir originalgetreu den Tizian abmalt. Als ich ihm fünfhundert Euro anbot, war er einverstanden." „Du hast eine Fälschung von dem Tizian in Auftrag gegeben?" „Nein, doch keine Fälschung. Was ist das für ein Wort. Er soll es abmalen. Und stell dir vor, das hat er so super gemacht, dass man beide Bilder nicht auseinanderhält." „Das Bild ist schon fertig? Zeig mal!" „Das kann ich nicht. Jetzt kommt das Wochenendhaus von dem Max ins Spiel.

Das Bild liegt nämlich dort unter der Matratze." „Du bist wahnsinnig!" „Und wie ich den Sonntag kenne, informiert er sofort die Kripo von dem anonymen Schreiben." „Und die statten dem Wochenendhaus an der Bever einen Besuch ab." „Genau, so wird das ablaufen. Und was finden sie unter der Matratze? Marias Himmelfahrt!

„Elvira, du bist verrückt. Was willst du damit erreichen?" „Ablenken. Und die Glaubwürdigkeit von Max Lampe immer mehr untergraben. Er wird das ja wieder abstreiten." „Ja, mit Recht!" „Aber würdest du ihm das noch glauben? Wir lenken damit doch immer mehr von uns ab. Schließlich wollen wir ja eines Tages auch das Bild verkaufen, wenn die Sache nicht mehr so heiß ist. Und das ist jetzt noch viel zu riskant."

„Du wirst mir langsam unheimlich, Elvira." „Na, na, ich bin deine Partnerin, vergiss das nicht." „Ich hoffe, das vergisst du auch nicht, wenn wir das Bild verkaufen."
„Wie könnte ich das vergessen?

So, dann komme ich gerne jetzt darauf zurück, wonach mein Körper angeblich verlangt hat."

„Und jetzt verlangt er nicht mehr?" „Schorschi, nicht reden, - machen! Habe ich dir eigentlich schon erzählt, dass ich mir Bettwäsche von Schalke 04 gekauft habe? " „Schalke 04? Ist das nicht so ein zweitklassiger Fußballverein?" „Ach, du willst schon gehen!?" „Entschuldige, ich wusste nicht, dass du ein Fan von Schalke bist." „Von Schalke ist man kein Fan, man ist Schalke!!!" „Was bedeutet eigentlich der Name Elvira?" „Die Lebhafte!" „Na, dann komm, das passt ja." „Dachtest du, es heißt die Unheimliche? Und was bedeutet Schorschi?" „Schorschi ist Georg und heißt der Landarbeiter oder der Bauer." „Der Bauer, der beim Samenlegen aus der Furche gefallen ist," sagte Elvira. Ihr klirrendes Lachen hörte man bestimmt bis auf die Straße. „Schläfst du auch noch mit mir, wenn ich jetzt dumme Kuh zu dir sage?" fragte Schorschi. „Ein guter Bulle darf das. Mach mal Muh!!

" Und Elvira lachte, lachte, lachte……"Ich habe das Bett heute blau-weiß bezogen." „Das würde ich mir jetzt gerne ansehen." „Und kein Wort gegen Schalke, sonst fliegst du raus!"

„Guten Tag, Herr Lampe." „Guten Tag, Herr Kommissar. Danke, dass Sie gekommen sind. Bitte, treten Sie näher und nehmen Sie Platz". „Drei Dinge möchte ich Ihnen von vornherein sagen, bevor wir uns unterhalten: Erstens, dass ich nicht gerne gekommen bin. Zweitens, dass meine Dienststelle darüber informiert ist, dass ich heute bei Ihnen bin. Und drittens, dass ich nichts tun werde, was mit meiner Dienststelle und mit meinem Beruf nicht im Einklang steht. Ist das soweit klar?"

„Ja, Herr Kommissar, das ist soweit klar. Ich erwarte auch nichts von Ihnen, was Sie als Kommissar nicht vertreten können. Ich bin Ihnen dankbar, wenn Sie mir überhaupt zuhören. Und ich würde mir wünschen, dass Sie mir glauben." „Das scheint schon nicht ganz einfach zu sein," sagte der Kommissar. „Ich weiß das. Es spricht vieles gegen mich. Es spricht auch vieles gegen meine Aussagen und Behauptungen. Aber ich hoffe, dass Sie mir wenigstens die Chance geben zu sagen, dass die Dinge nicht so sind, wie sie im Moment erscheinen." „Wie soll die Chance aussehen, Herr Lampe?" „Darf ich Ihnen zunächst was zu Trinken anbieten? Ein Bier? Ein Glas Wein?" „Ich bin im Dienst, da trinke ich grundsätzlich keinen Alkohol. Ein Mineralwasser würde ich nicht ausschlagen." „Aber gerne!"

„Danke! Was soll ich mir also anhören?" „Herr Kommissar, nehmen Sie einmal an, alles, was mir unterstellt wird, ist einfach nicht wahr." „Wir sprechen von dem Tizian?" „Ja, natürlich." „Aber es gibt Beweise, Herr Lampe." „Nehmen Sie doch einfach mal an, die Beweise wären falsch."

„Falsche Beweise, - was soll das für ein seltsames Gespräch werden." „Sie sind Kriminalbeamter. Und darum ist mir dieses Gespräch so wertvoll. Sie wissen, wie man Tatbestände aufdröselt, analysiert, aus unterschiedlichen Perspektiven beurteil und durchleuchtet. Genau darum geht es mir. Nehmen Sie es einmal als Hypothese oder wenigstens als eine der Möglichkeiten, dass ich die Wahrheit sage und dass ich mit dem Kauf des Tizian nichts zu tun habe. Nehmen Sie doch bitte einfach einmal an, ich war wirklich nur der ahnungslose Moderator der Sendung." „Herr Lampe, ich habe das Bild selbst mit einem Kollegen unter der Matratze ihres Wochenendhauses an der Bever gefunden!" „Es handelt sich ja gar nicht um das Bild aus der Sendung." „Kommen Sie schon wieder mit so einer abenteuerlichen Behauptung?" „Herr Kommissar, dann sind Sie noch nicht informiert worden. Das hat sich bei einem Termin beim Staatsanwalt herausgestellt, Das Bild, das Sie unter der Matratze von meinem Wochenendhaus gefunden haben, ist nicht das Original von Tizian, aber auch nicht das Exemplar, das in der Fernsehsendung verkauft worden ist. Und wo die Fälschung herkam und wie sie unter die Matratze gekommen ist, das weiß ich auch nicht. Nehmen Sie einfach mal an, ich stünde genauso vor einem Rätsel wie

Sie und ich hätte das Bild dort nicht versteckt." „Das ist schwierig, was Sie da von mir erwarten," sagte der Kommissar, „ich muss das erst mal verdauen, was Sie mir da gerade von dem Staatsanwalt und dem Bild erzählt haben. Na gut, ich verstehe, worauf Sie hinauswollen. Wenn ich das kriminaltechnisch angehe, was ich übrigens längst getan habe, bevor sich alles auf Sie verdichtet hat, wenn ich also Sie, aus welchen Gründen auch immer, einmal ausschließe, dann konzentriert sich das auf die verbliebenen Akteure. Wer hat ein Interesse an dem Bild? Wer konnte in dessen Besitz kommen? Wo ist das Bild aus der Sendung geblieben? Und jetzt kommt noch die Frage hinzu: Woher kommt auf einmal die Fälschung, von der Sie reden? Das ist ja komplizierter, als die Suche nach einem Gewaltverbrecher. Wenn ich mir die Pinnwand in meinem Büro mit den Zettelchen und Notizen vorstelle und Sie von Platz 1 wegnehme, dann bin ich wieder bei der vorigen Version."

„Die Käuferin hat das Bild!" ergänzte Lampe. „Das wäre zum Beispiel jetzt eine Aussage, die ich Ihnen gegenüber nicht machen darf und auch nicht machen werde." „Ich weiß ja, dass sich vorher alles auf die Elvira konzentriert hat, bis es zu der Behauptung kam, ich hätte ihr den Auftrag dazu gegeben. Herr Kommissar, ich will nicht weiter in Sie dringen. Das Gespräch hat mir schon sehr geholfen und ich habe auch den Eindruck, dass Sie nicht mehr alles in Zweifel ziehen, was ich dazu gesagt habe. Geben Sie mir abschließend noch einen Rat, was ich tun soll!" „Ich kann Ihnen einen Privatdetektiv empfehlen. Lassen Sie die Person beobachten, die Sie verdächtigen und die eventuell versucht, Ihnen den Fall anzuhängen. Sollte es zu sachdienlichen Hinweisen kommen, können Sie mich gerne informieren." „Ich denke darüber nach. Mehr konnte ich von dem Gespräch nicht erwarten. Danke, Herr Kommissar!"

„Elvira, wo brennt es denn?" „Schau mal da unten der blaue Wagen. Der beobachtet mich seit Tagen." „In wessen Auftrag?" „Ja, Schorschi, wenn ich das wüsste."

„Meinst du, die Polizei lässt dich beschatten?" „Das glaube ich nicht." „Ich schreib mir mal das Kennzeichen auf." „Das hab ich schon! Wir sollten ihm ein bisschen Material liefern und ihm ein Rätsel aufgeben. Das kann ja nur mit dem Tizian zusammenhängen." „Davon bin ich auch überzeugt." „Komm, Schorschi, wir machen einen kleinen Ausflug. Ich habe eine Idee. Dass du bei mir bist, das weiß er jetzt sowieso schon." „Wohin fahren wir?" „Nicht weit. Nach Wuppertal. Komm, wir nehmen meinen Wagen, ich fahre." „Okay. Wo hängst du ihn ab?" „Ich hoffe, nirgendwo. Er soll uns schön mit Abstand folgen. Ist er hinter uns?" „Er wendet gerade." „Super! – Pass auf, ich gib mal einen Moment Gas. Wir sind gerade an dem Blitzer vorbei. Jetzt beschleunigt er. Und rast voll da rein!!! Ist das nicht schön? Da hat

er sich ein Knöllchen eingehandelt." „Passt du auf ihn auf?" „Ja, ich habe ihn im Rückspiegel. Er folgt uns unauffällig." Die beiden lachen. „So, wir sind schon gleich da. Hier ist es, Lessingstraße 7. Komm, Schorschi, wir steigen aus." „Und was machen wir hier?" „Wir gehen jetzt da durch das Tor. Er steht gegenüber und beobachtet uns. Durch die hohe Hecke kann er uns nicht sehen. Komm, wir gehen hinter das Haus. Hier bleiben wir jetzt ein bisschen."
„Ich weiß nicht, wozu wir das machen," sagte Schorschi. „Erklär ich dir gleich. Komm, wir setzen uns hier ein bisschen auf die Bank. Unser Schnüffler behält das Haus im Auge." „Das ist ja ein seltsamer Ausflug, den wir hier machen. Fahren nach Wuppertal, um uns hinter einem Haus auf eine Bank zu setzen." „Ja, das wird aber seine Wirkung nicht verfehlen. So, ich glaube, es sind dreißig Minuten rum, wir können wieder fahren." Elvira und Schorschi gingen zum Auto zurück und wendeten. „Ist er noch hinter uns?"

„Nein. Ihm reichen wohl für heute die Informationen, Er ist an der letzten Kreuzung abgebogen."

„Dann erzähl mal, was wir da wollten, Elvira." „Das war das Haus von Stefan Sonntag." „Aus der Redaktion?" „Ja klar!" „Mensch, was wäre, wenn der uns gesehen hätte?" „Der ist doch um diese Zeit im Sender. Wenn meine Rechnung aufgeht, dann zerbrechen die sich doch jetzt den Kopf, was wir eine halbe Stunde lang beim Sonntag gemacht haben. Die wissen ja nicht, dass wir nur hinter dem Haus waren." „Und wozu soll das gut sein?" „Das weiß ich noch nicht. Aber die gehen doch jetzt auf die Fährte, dass wir uns heimlich mit dem Sonntag treffen." „Elvira, das ist genial!!!" „Dann trauen sie dem auch nicht mehr." „Sag ich doch, das ist genial!!! Weißt du was, Elvira? Die wollen einen Fall klären, der gar kein Fall ist." „Ja, und der wird für sie immer verworrener."

„Herr Kommissar, was führt Sie zu mir?" „Herr Staatsanwalt, ich habe eine interessante Information im Fall Tizian. Der Moderator Max Lampe setzt alle Hebel in Bewegung, seine völlige Unschuld zu beweisen." „Aber Sie waren es doch selbst, der in seinem Haus das Bild gefunden hat." „Ja, in seinem Wochenendhaus. Und Lampe behauptet, das hätte ihm einer untergeschoben. Er hätte auch davon nichts gewusst und nichts damit zu tun." „Das ist aber sehr fragwürdig, Herr Kommissar!" „Da bin ich ganz Ihrer Meinung, Herr Staatsanwalt. Aber ausschließen können wir es auch nicht. Und nun hat Herr Lampe einen Privatdetektiv beauftragt, diese Kunsthändlerin Elvira zu beschatten, die das Gemälde ja in der Sendung erworben hat." „Und das macht der Lampe auf eigene Faust?" „Ja, er fühlt sich durch unsere Indizien dermaßen in die Enge getrieben und behauptet, das würde alles auf Intrigen gegen ihn beruhen. Nun war es ja diese Elvira, die das Bild gekauft hatte und die auch die Aussage von dem Kunsthändler Schorschi bestätigt hat, dass Lampe der Auftraggeber für den Kauf war. Deshalb lässt er sie von dem Schöps beschatten in der Hoffnung, dass dieser irgendeinen Beweis zu seiner Entlastung herausfinden kann. Und nun kommt die große Überraschung. Was glauben Sie, mit wem sich die Elvira in ihrer Wohnung trifft?" „Sagen Sie es mir." „Mit dem Schorschi. Aber das ist noch nicht alles. Was glauben Sie denn, Herr Staatsanwalt, wen die beiden gemeinsam besucht haben?" „Spannen Sie mich doch nicht auf die Folter!" „Den Redakteur der Sendung, Stefan Sonntag! Was sagen Sie nun?" „Das ist allerdings eine Überraschung! Haben wir es am Ende mit einem ganz anderen Komplott zu tun? Sprach dieser Sonntag nicht von einem Sumpf? Steckt die Sendeleitung selbst mit drin? Na, der Vorgang wird ja immer verworrener." „Nicht wahr, Herr Staatsanwalt." „Und das mit dem Schöps haben Sie geprüft?" „Ich habe seinen Bericht gesehen. Eine halbe Stunde dauerte die Unterredung in Wuppertal zwischen Elvira, Schorschi und Stefan Sonntag." „Herr Kommissar, ich werde den Sonntag vorladen und möchte, dass Sie dabei sind." „Kein Problem, Herr Staatsanwalt." „Auf die Erklärung bin ich gespannt!" „Ich auch, Herr Staatsanwalt."

„Guten Morgen, Herr Staatsanwalt." „Guten Morgen, Herr Sonntag." „Guten Morgen, Herr Kommissar." „Guten Morgen, Herr Sonntag." „Sie haben mich herbestellt!?" „Ja, nehmen Sie Platz." „Danke!" „Wir wollten mit Ihnen mal wieder über den Fall Tizian sprechen. Gibt es da aus Ihrer Sicht etwas Neues?" „Nein. Ich habe nur unsere Rechtsabteilung gebeten zu prüfen, ob aktuell irgendwelche juristischen Schritte ratsam sind." „Aber sonst? Sie persönlich wurden mit dem Fall in letzter Zeit gar nicht weiter konfrontiert?" „Nein, in keiner Weise." „Und von den Kunsthändlern Elvira und Schorschi gibt es auch nichts Neues?" fragte der Staatsanwalt. „Nein, ich habe nichts gehört." „Wann haben Sie mit denen denn zum letzten Mal gesprochen?" Stefan Sonntag lachte. „Das hört sich fast an, wie ein Verhör." „Das ist es auch," sagte der Kommissar. „Ich weiß jetzt nicht, worauf das hinausläuft, meine Herren," sagte Sonntag. „Beantworten Sie doch mal meine

Frage. Wann haben Sie die Kunsthändlerin Elvira und den Kunsthändler Schorschi zum letzten Mal gesprochen?" „Das war hier bei Ihnen. Danach habe ich beide nicht mehr gesehen. Und natürlich auch nicht mehr mit ihnen gesprochen", „Da sind Sie sich ganz sicher, Herr Sonntag?" „Ja, natürlich, da bin ich mir ganz sicher! Meine Herren, was soll das jetzt?"
„Wir hatten gehofft, Herr Sonntag, dass Sie uns heute eine plausible Erklärung geben können. Aber das scheint ja nicht der Fall zu sein." „Wozu soll ich Ihnen denn eine plausible Erklärung geben? Dann reden Sie doch nicht so in Rätseln mit mir!!!" „Eine Erklärung dafür, was Sie mit den Kunsthändlern zu besprechen haben und warum Sie das verheimlichen!" sagte der Staatsanwalt. „Das ist ja eine dreiste Unterstellung," sagte Sonntag. „Sie wohnen in Wuppertal, nicht wahr?" sagte der Kommissar. „Ja!" „In der Lessingstraße." „Ja!" „Hausnummer 7." „Ja, ich wohne in

Wuppertal in der Lessingstraße Nummer 7. Und was soll das???" „Wir haben Beweise dafür," sagte der Staatsanwalt, „dass Sie dort von den Kunsthändlern Elvira und Schorschi besucht worden sind und sich die beiden eine halbe Stunde bei Ihnen aufgehalten haben." Stefan Sonntag schüttelte den Kopf. „Ich kann Ihren Unterstellungen nichts abgewinnen und sie amüsieren mich auch nicht." „Sie bestreiten das, Herr Sonntag?" fragte der Staatsanwalt. „Ja, natürlich bestreite ich das. Ich habe zu Elvira und Schorschi keinerlei Kontakt. Ich glaube, Elvira war vor einem halben Jahr einmal bei mir, um über die Sendetermine zu sprechen. Schorschi war noch nie bei mir im Haus. Und seit unseren Treffen hier bei Ihnen habe ich beide nicht mehr gesehen." „Verstehen Sie das, Herr Kommissar?" fragte der Staatsanwalt. „Nein, Herr Staatsanwalt, das verstehe ich nicht. Aber wir sind bei der Polizei viel gewöhnt, was uns die Leute erzählen."

„Jetzt haben wir zwei Möglichkeiten," sagte der Staatsanwalt. „Entweder, wir informieren den Intendanten Ihres Senders, oder wir wünschen eine Gegenüberstellung von Ihnen mit den beiden Kunsthändlern." „Machen Sie doch, was Sie wollen," sagte Sonntag, „ich habe beides nicht zu fürchten." „Also gut," sagte der Staatsanwalt, „Sie hören von uns. Das war es dann für heute. Danke trotzdem, dass Sie gekommen sind." „Auf Wiedersehen, die Herren," sagte der Sendeleiter und verließ den Raum. „Herr Kommissar, was sagen Sie dazu?" Der Kommissar schüttelte den Kopf. „Ich weiß nicht, was ich dazu sagen soll, Herr Staatsanwalt, Ich weiß bald überhaupt nicht mehr, was ich sagen soll. Lügt denn da einer mehr als der andere?" „Ich will Ihnen mal was sagen, Herr Kommissar, die stecken alle unter einer Decke und spielen mit uns ein Versteckspiel." „Meinen Sie? Ich habe bisher fast jeden Fall gelöst, Herr Staatsanwalt."

„Elvira, wann haben Sie den Herrn Sonntag zum letzten Mal gesehen?" „Vor fünf Minuten auf dem Parkplatz, Herr Staatsanwalt. Wir haben aber nicht miteinander gesprochen, falls Sie das interessiert." „O ja, das interessiert mich sehr. Aber nicht, was vor fünf Minuten auf dem Parkplatz war, sondern wann Sie sich davor zum letzten Mal gesehen haben." „Da muss ich nachdenken." „Tun Sie das." „Das letzte Mal, das war hier bei Ihnen." „Herr Schorschi, und Sie?" „Ich habe Herrn Sonntag auf dem Parkplatz nicht gesehen." „Das fängt mit Ihnen ja wieder gut an. Und wann haben Sie ihn davor zum letzten Mal gesehen?" „Das war auch hier bei Ihnen, als wir über das Tizian-Gemälde gesprochen haben." „Da sind Sie ganz sicher?" „Ja, da bin ich ganz sicher!" „Herr Kommissar, dazu können Sie etwas sagen." „Ja, meine Dame, mein Herr, Sie waren gemeinsam mit dem Auto in Wuppertal in der Lessingstraße 7. Und da wohnt Herr Sonntag."

„O ja, Herr Kommissar, das stimmt," sagte Schorschi, „Elvira wollte mir mal zeigen, wie schön Herr Sonntag wohnt." „Er war noch nie da. Wir wollten sowieso nach Wuppertal, da haben wir den kleinen Abstecher gemacht." „Eine halbe Stunde hat Ihnen Elvira gezeigt, wo Herr Sonntag wohnt?" sagte der Staatsanwalt ungehalten, „Ich habe nicht auf die Uhr geschaut. Hast du auf die Uhr geschaut, Schorschi?" fragte Elvira. „Sie behaupten, nicht mit Herrn Sonntag gesprochen zu haben?" „Natürlich haben wir nicht mit ihm gesprochen," sagte Elvira, „wir waren gar nicht im Haus. Und das wäre ja auch gar nicht möglich gewesen, um die Zeit ist Herr Sonntag im Sender." „Sind Sie jetzt zufrieden?" sagte Stefan Sonntag. „Das klingt alles abgesprochen," sagte der Kommissar.

„Wie sollen wir etwas abgesprochen haben, wenn wir uns gar nicht gesehen haben?" sagte Sonntag. „Genau das glauben wir Ihnen ja eben nicht," sagte der Kommissar. „Herr Kommissar," sagte der Staatsanwalt, „wir müssen versuchen zu klären, ob feststeht, dass die beiden das Haus betreten haben." Mit dem klirrenden Gelächter von Elvira ging diese Unterredung zu Ende. „Dieser Fall macht mich wahnsinnig," sagte der Staatsanwalt. „Herr Staatsanwalt, wonach suchen wir eigentlich?" „Wir haben eine Betrugsanzeige aufzuklären. Wem gehört das Bild und wo ist es geblieben?" „Eins war im Bett vom Lampe. Und wo kam das auf einmal her?" „Das macht den Fall nicht einfacher!" „Und wenn es doch das Original war? War der Professor denn echt? „Den hat doch die Staatsanwaltschaft selbst bestellt!" „Ich glaube gar nichts mehr, Herr Staatsanwalt und halte alles für möglich. Vielleicht sind wir beide auch nicht echt." „Herr Kommissar, das geht mir jetzt doch zu weit!"

Cesenatico stand in schwarzer Schrift auf dem grauen Ortsschild.

Floh steuerte den Wagen an den rechten Straßenrand und blieb stehen. Er stieg aus, reckte sich, atmete tief durch und sagte: „Cesenatico, da bin ich!" Er reckte sich noch einmal und stieg dann wieder in den Wagen. Nur wenige Minuten später hielt er vor einem weißen Gebäude. An der Frontseite stand in großen Buchstaben *Hotel Amore Mare*. Die Schrift war von der Sonne schon ein wenig verblasst. Floh stieg aus, reckte sich wieder und ging auf den Haupteingang zu. An der Tür hing ein Schild Chiuso – Closed – Geschlossen. „Donnerwetter, dreisprachig," sagte Floh und rüttelte an der Tür. Dort stand nicht nur Geschlossen, es war auch offensichtlich geschlossen. Floh kannte den Seiteneingang. Dort war eine kleine Schelle. Als ihm geöffnet wurde, sagte er: „Hallo, Gina!!!" Gina sah ihn einen Moment schweigend an. Dann lächelte sie: „Floh?" „Ja, ich bin's." „Meine Güte, ist das lange her," sagte sie.

Sie umarmten sich. „Willst du reinkommen?" „Warum ist das Hotel geschlossen?" fragte Floh. „Es sind im Moment keine Gäste da," sagte sie. „Komm, ich mach dir einen Kaffee." Nachdem sie den Kaffee getrunken hatten, fragte Floh: „Wo ist Erich? Ist er nicht zu Hause?"

„Du meinst Enrico." „Ach ja, er heißt ja jetzt Enrico. Ist er nicht da?" „Enrico wohnt nicht mehr hier," sagte Gina. „Er wohnt nicht mehr hier? Ihr habt euch getrennt?" „Ja, wir haben uns getrennt." „Gina, ich weiß gar nicht, was ich jetzt sagen soll." „Schon gut," sagte sie, „komm, ich zeig dir, wo er jetzt wohnt. Komm, es ist nicht weit. Er wird sich freuen, dich wiederzusehen. – Komm", sagte sie noch einmal, als sie das Haus verlassen hatten. „Wir gehen zu Fuß?" „Ja, es ist nicht weit. Es ist in Cesenatico." Unterwegs erzählte Floh von seiner Fahrt hierher durch die Venezianischen Alpen „Durch die Venezianischen Alpen bist du gefahren?" fragte sie, „das trauen sich viele Ausländer nicht, das ist nicht ungefährlich." „Ich weiß," sagte Floh, „es ist sogar unheimlich, rechts der ungesicherte Abgrund und die ständig hupenden Italiener." Gina lachte. „Ja, die Italiener hupen vor jeder Kurve, das muss hier so sein. Aber hier am Meer ist das natürlich nicht nötig." „Und die Venezianischen Alpen bestehen ja nur aus Kurven," sagte Floh, „und alle paar Kilometer sieht man unten ein Kreuz." „Da ist dann einer abgestürzt," ergänzte Gina.

„Du wohnst jetzt in München?" „Nein, ich wohne nicht in München." „Ich dachte, wegen des Nummernschildes an deinem Auto. Ich habe vor dem Hotel dein Auto gesehen. Es ist doch deins?"

„Ach so, ja," sagte Floh, „das ist ein Leihwagen. Stimmt, der hat ein Münchner Nummernschild. Ich habe ihn erst seit ein paar Tagen."

„So, wir sind da!" sagte Gina. „Am…. Friedhof….?" stammelte Floh." „Ja, hier wohnt Enrico jetzt," sagte Gina, „gut einen Meter unter der Erde." „Enrico ist tot???"

„Enrico ist tot. Seit ungefähr einem Jahr. Ich konnte dir ja keine Karte schicken, ich hatte keine Adresse von dir." „Das ist ja furchtbar!" „Du kannst dich ja jetzt von ihm verabschieden. Er nimmt das mit den Terminen nicht so eng." Sie standen noch einen Moment schweigend an dem Grab. „Enrico, alter Junge, mach es gut," sagte Floh. Dann gingen die beiden zurück zum Hotel,

„Ihr habt keine Gäste. – Verzeihung, du hast keine Gäste. Aber mir kannst du ein Zimmer vermieten? fragte Floh, „für ein paar Nächte, vielleicht für länger." „Tut mir leid, Floh, ich kann dir keinen Hotelservice bieten." „Und wenn du mir nur Privatservice bietest? Ich brauche doch nur ein Zimmer, in dem ich schlafen kann. Zur Not mache ich mir sogar das Bett selbst." „Ich weiß nicht, Floh." „Du brauchst mir auch nichts zu kochen. Du brauchst dich überhaupt nicht um mich zu kümmern, wenn du nicht möchtest. Tu so, als wäre ich nicht da. Du kannst mich doch jetzt nicht wegschicken!"

„Na gut, bleib erst mal da. Leere Zimmer habe ich ja." „Danke, Gina! – Ich gehe jetzt erst mal zum Strand runter, hab ja die Adria noch nicht begrüßt." „Nimmst du mich mit?" „Ja, gerne. Komm, hak dich ein! Meine Güte, was hatte ich einen furchtbaren Sonnenbrand, als ich das letzte Mal hier war. Da waren es über 40 Grad. Ich musste meine Turnschuhe zerschneiden, um überhaupt etwas an den Füßen tragen zu können." „O ja, Sonnenbrand auf den Füßen ist besonders schmerzhaft." „Das war überall schmerzhaft. Ich konnte nicht sitzen und nicht liegen. Den Rücken hatte ich ja auch verbrannt. Ich war wohl zu leichtsinnig und habe die Sonne unterschätzt." „Wie lange bleibst du?" „Ich weiß es noch nicht. Zunächst mal so lange, wie du mich im Hotel duldest." „Ja, Floh, das weiß ich auch noch nicht." „Das Zimmer werde ich pünktlich bezahlen. So einen Grund, mich rauszuschmeißen, liefere ich dir nicht. Und auf die Nerven werde ich dir hoffentlich auch nicht gehen." „Schau mal, ein Seestern!" „Ja, das hat mich immer schon fasziniert, was das Meer alles an den Strand spült, unzählige Muscheln, manchmal sogar ein Seepferdchen, wenn es nicht schnell genug den Weg zurück ins Wasser gefunden hat. Ich liebe das Meer. Es ist eigentlich erstaunlich, dass ich im Binnenland lebe und wohne." „Ich liebe auch das Meer," sagte Gina, „darum lebe ich hier in Cesenatico." „Woran ist Enrico gestorben?" „Das ging sehr plötzlich. Aber eigentlich hat er sich tot gesoffen." „Hat er so viel getrunken?" „Ja, in letzter Zeit war es ganz schlimm. Auch für unsere Beziehung." „O, das tut mir leid, entschuldige!" „Ist schon gut!" „Ihr wart doch früher ein Vorzeigepaar." „Ja, das war einmal. Bis bei ihm der Alkohol immer mehr wurde. Und dann kam noch die Spielsucht dazu. Aber darüber möchte ich jetzt nicht reden." „Es gibt auch finanzielle Probleme?" fragte Floh. „Ich erzähle dir das später, - einverstanden?" „Ja, natürlich. Du musst mir gar nichts erzählen, was du nicht möchtest. Aber ich mag dich, ich habe euch beide gemocht. Deshalb frage ich so frei heraus." „Ich weiß, Floh, du bist ein Freund. Ein guter Freund. Aber wir haben uns auch aus den Augen verloren. Und es ist viel geschehen in der Zeit." „Arme Gina. Ja, ich höre schon, dass es zuletzt keine schöne Zeit für dich war. Reden wir von der schönen Gegend, vom Meer, vom Sonnenuntergang und von den Fischerbooten." Gina lachte. „Träumst du gerade von den Caprifischern?" „Es muss ja nicht Capri sein," sagte Floh, „es kann auch Rimini sein." „Oder Cesenatico." „Ganz genau, bleiben wir bei Cesenatico! – Warum in die Ferne schweifen….." „wenn das Gute liegt so nah," ergänzte Gina. „Von Goethe, wenn auch nicht wörtlich," sagte Floh. „Welcher Spruch ist nicht irgendwie von Goethe," sagte Gina lachend. „Es ist der Geist, der sich den Körper baut," sagte Floh, das ist von Schiller.

„Das habe ich noch nie gehört. Aber wenn ich darüber nachdenke, da ist was dran!" sagte Gina.

„Darf ich dich zum Essen einladen?" „Nein, ich mache uns was!"

„Komm, Gina, ich bezahle schon mal das Zimmer für einen Monat."

„Nein, nein, ich will das Geld nicht. Du bist mein Gast. Außerdem weiß ich nicht, ob du noch einen Monat hier wohnen kannst."

„Du willst mich loswerden?" „Floh, ich muss das Hotel verkaufen. Oder besser gesagt: Ich muss es verschenken." „Warum das denn?" fragte Floh. „Es besteht nur noch aus Hypotheken. Mir gehört so gut wie nichts mehr an dem Hotel. Vielleicht muss ich sogar froh sein, wenn der Verkaufspreis zur Bezahlung der Schulden ausreicht." „So schlimm ist das?" „Ja, Enrico hat mir da ein schönes Erbe hinterlassen." „Aber das Hotel ging doch früher gut. Und Cesenatico ist ja auch keine schlechte Adresse," sagte Floh. „Was nützt das, wenn man immer mehr ausgibt, als man einnimmt?" sagte Gina. „Irgendwann verlangt die Bank eine Sicherheit, dann die zweite Hypothek, dann die dritte, und dann will die Bank Zinsen dafür, und irgendwann sagt man dir auf der Bank: Das tut uns leid."

„Sie wollen pfänden?" „Ja!" „Gina, das ist ja furchtbar. Dann hat dich Enrico hier auf einem Haufen Schulden sitzen lassen?" „So ist das. Und die Schulden wurden immer mehr, bis zum Schluss nur noch die Beerdigungskosten zu bezahlen waren. Dazu konnte ich dann den Sachbearbeiter bei meiner Bank noch überreden." Floh nahm Gina in den Arm. „Armes Mädchen! Das muss ich erst einmal verdauen!" Gina weinte. „Ja, Floh, so habe ich mir das auch in meinen schlechtesten Träumen nicht vorstellen können."

„Über welche Summe reden wir denn?" fragte Floh. „Hypotheken und Bankschulden? Zweihunderttausend." „Euro?" „Ja, dachtest du Lire," schluchzte Gina. Floh lachte. „Lire wäre in dem Fall wirklich besser," sagte er. „Ich habe es ja immer schon gesagt, wir hätten bei den alten Währungen bleiben sollen, Ihr bei Lire, wir bei der D-Mark." „Das hätte doch nichts geändert," sagte Gina, „mir ist nicht zum Lachen…."

„Gina, weißt du was, ich rede mal mit der Bank." „Was soll das nützen?" „Das werden wir sehen. – Jetzt brauche ich was zu Trinken.
„Ich hole dir ein Glas Wasser."
„Ich will nicht baden, ich will trinken! Hast du noch den La Torre?"
„Ja; den habe ich immer noch."
„Davon hätte ich jetzt gerne eine Flasche."

„Gina, kannst du dir mich als Partner vorstellen?" „Als Mann???" „Nein, als Geschäftspartner." „Ich dachte, du willst mir einen Heiratsantrag machen." „Vielleicht später. Jetzt meine ich, als Geschäftspartner." „Wie stellst du dir das vor, als Geschäftspartner!?" „Du sollst dich heute nicht entscheiden. Überdenke und überschlafe es in Ruhe mal. Ich könnte dir anbieten, dass ich die Hypotheken auf dem Hotel ablöse. Und du überträgst mir dafür die Hälfte an dem Hotel. Die Schulden wären weg, du kannst wieder ruhig schlafen, und wir wären gleichberechtigte Partner."

„Floh, dann wärst du ein schlechter Geschäftsmann. Gesetzt den Fall, du hättest wirklich mal eben zweihunderttausend Euro in der Portokasse." „Dann habe ich immer noch keinen Anteil an diesem wunderbaren Hotel." „Gesetzt den Fall, du bist wirklich an Amore Mare interessiert. Dann brauchst du nur die paar Tage oder Wochen zu warten, bis es unter den Hammer kommt und es für dich alleine erwerben." „Gesetzt den Fall," begann auch Floh, „ich will nicht nur ein guter Geschäftsmann, sondern auch ein guter Freund sein. Wir beide machen aus dem Hotel wieder eine Goldgrube, Gina." „Bist du deswegen nach Cesenatico gekommen?" Floh lachte. „Ich hatte doch keine Ahnung von Enrico und dass du solche Probleme hast. Nein, natürlich bin ich nicht deswegen hergekommen. Aber ich würde gerne bleiben. Auch bei dir und in deiner Nähe. Ich brauche jetzt keine Antwort, Gina. Lass dir Zeit, denke mal in Ruhe darüber nach, solange das Hotel noch zu retten ist. Und lass mich mit der Bank reden. Ich habe eine Million im Koffer." „Ja, und ich habe eine Giraffe unter der Dusche." „Der Unterschied ist nur der, Gina, ich könnte dir den Koffer zeigen, du mir aber nicht die Giraffe." „Doch, Floh, du kannst mir den Koffer zeigen und ich dir die Dusche."

„Warum haben Frauen eigentlich immer das letzte Wort?" „Weil es Muttersprache heißt!"

Gina hatte den Vorschlag von Floh überschlafen. Warum sollte sie nein sagen. Sie konnte dabei nur gewinnen. Floh hatte sich bei dem Leiter der Bank angemeldet. „Buon giorno", sagte er. Und der Bänker erwiderte: „Guten Morgen! Nehmen Sie Platz. Darf es ein Glas Wein sein?" „Um Himmelswillen, nein danke," sagte Floh, „das verträgt um diese Zeit nur ein Italiener." „Sie kommen wegen des Hotels Amore Mare," sagte der Bankleiter. „Ja, hier, ich habe eine Vollmacht, dass ich im Auftrage der Besitzerin handele." „Ach ja, die arme Gina," sagte der Banker, „sie tut einem leid." „Gina sagt, sie wollen das Hotel versteigern lassen." „Wollen! Wollen! Von Wollen kann überhaupt keine Rede sein. Was sollen wir denn machen? Wir sind eine Bank und verwalten auch das Geld anderer Kunden." „Wie hoch ist Ihre Forderung?" fragte Floh. „Moment, da schau ich in meinen Computer.

Das sind heute einschließlich der aufgelaufenen Zinsen zweihundertviertausend Euro." „Eine

Menge Geld", sagte Floh. „Glauben Sie denn, dass die Versteigerung des Hotels den Betrag überhaupt erzielen kann?" „Das ist fragwürdig, - sehr fragwürdig. Aber damit wäre schon einmal der größte Teil unserer Forderungen beglichen." „Und der Rest?" „Den müsste Gina irgendwie noch aufbringen. Sonst bleibt sie damit bei uns in der Schuld." „Ich könnte Gina vorschlagen, Privatinsolvenz anzumelden," sagte Floh. Der Bänker sah ihn entgeistert an. „Das wäre kein Vorschlag in unserem Sinne." „Es muss ja auch nicht sein," sagte Floh. „Ich mache Ihnen einen Vorschlag. Ich lege Ihnen einhundertachtzigtausend Euro in bar auf den Tisch. Und Sie erklären damit alle Schulden von Gina für getilgt."

„Einhundertachtzigtausend Euro? In bar? Dazu sind Sie in der Lage?" „Dazu bin ich nur in der Lage, wenn Gina dann wirklich schuldenfrei ist und sich wieder eine Zukunft aufbauen kann."

„Nicht doch ein Glas Wein?" fragte der Banker. "Nein, nein, kein

Wein. Aber gerne eine Bestätigung so einer Vereinbarung."

„Einhundertneunzigtausend", sagte der Bänker. „Einhundertachtzigtausend. Und fünftausend gebe ich Ihnen ohne Zeugen und ohne Quittung, weil Sie mir so sympathisch sind und für unser gutes Einvernehmen. – Dann auch jetzt gerne ein Glas Wein."

„Gina, hol mal eine Flasche La Torre aus dem Weinkeller und zwei Gläser. Wir haben einen Grund zu feiern." „Du warst wirklich bei der Bank und bist mit denen einig geworden?" „Du bist schuldenfrei. Und wenn du es mir bestätigst, bin ich Besitzer eines halben Hotels." „Ich kann das gar nicht glauben. Erzähl mal! Erzähl mal! Ja, darauf trinke ich auch mit dir eine Flasche Wein. Meine Güte, wie lange habe ich keinen Alkohol mehr angerührt." „Das kann ich verstehen." „Aber jetzt hole ich uns eine Flasche La Torre."

Dann erzählte Floh von dem Gespräch mit dem Bänker. „Über fünfzehntausend Euro für die Renovierung haben wir auch schon," sagte Floh, „die habe ich ihm ja runtergehandelt." „Floh, mir kommt das alles immer noch so unwirklich vor." „Aber du stehst dazu, oder?" „Ja. Ja!!! Es fühlt sich nur irgendwie wie ein Märchen an. Auf einmal ist alles anders, du kommst aus Deutschland und rettest das Hotel. Ich muss das alles erst glauben." Floh lachte. „Ja, glauben kannst du es wirklich. Die Bank kann auch nicht mehr zurück, die Hypotheken werden im Grundbuch gelöscht, und wir beide sind jetzt Partner."

„Geschäftspartner!" sagte Gina. „Ja, was denn sonst?"

Es blieb an diesem Tag nicht bei der einen Flasche Wein. Und auch der Begriff Geschäftspartner war zu relativieren, als beide am nächsten Morgen im gleichen Bett erwachten. „Entschuldige, Gina," sagte Floh, „das habe ich nicht gewollt." „Tut es dir leid?" „Nein! Im Gegenteil, es war eine wunderbare Nacht für mich." „Mir tut es auch nicht leid!" sagte Gina. Floh beugte sich zu ihr rüber und küsste sie. „Und wie geht es jetzt mit uns weiter?" fragte sie. „Nun, ich denke, du machst uns gleich erst mal Frühstück," sagte Floh. „Das habe ich jetzt nicht gemeint," sagte Gina. „Aber ein frischer Kaffee täte jetzt gut! Und danach möchte ich mit dir unsere Zukunft planen und unser Hotel." „Gina und Floh und Amore Mare, das hätte ich nicht zu träumen gewagt," sagte Gina. „Lass uns diesen Traum gemeinsam leben. Gina, ich habe mich in dich verliebt…" „Dann sag es mir!" „Ich liebe dich!"

„Der Linksverkehr hier in London macht mich verrückt," sagte Schorschi. Elvira lachte. „Du musst doch nicht fahren. Der Taxifahren fährt doch." „Trotzdem, das macht mich ganz nervös. Ist das nicht komisch, wenn einem rechts Autos entgegenkommen?" „Der Taxifahrer kennt das doch nicht anders! Mich macht der ganze Tag heute nervös," sagte Elvira. „diese Spannung ist doch kaum auszuhalten." „Sei froh, dass wir es bis hierher geschafft haben." „Ja, das bin ich ganz gewiss. Auf dem Flughafen war mir schon schlecht vor Aufregung, - beim Abflug und auch bei der Ankunft." „Jetzt sind wir hier. Mir ist nur noch schlecht, weil alle links fahren." „Das kann ja nicht mehr weit sein bis zu unserem Hotel." „Und dann müssen wir noch zu diesem Auktionshaus." „Das machen wir morgen früh, Elvira. Wir erholen uns im Hotel erst mal von dem Flug. Und morgen fahren wir zu Sotheby's."

„Du hast uns doch angemeldet?"

„Ja, natürlich. Wie oft fragst du mich das noch? Die haben alle Informationen, die sie brauchen. Morgen übergeben wir denen das Bild und dann wächst die Spannung bis zur Versteigerung." „Ich weiß nicht, ob meine Nerven das aushalten," sagte Elvira. „Frag mal deinen Körper, wonach er heute verlangt, dann bist du morgen ganz entspannt Wir haben ja ein Doppelzimmer." "

„Haben die Engländer eigentlich alle so harte Matratzen?" fragte Elvira. „Ich habe das gar nicht so empfunden," sagte Schorschi. „Ja, dafür gibt es ja wohl einen plausiblen Grund. Ich habe Rückenschmerzen. Und ich bin wahnsinnig nervös." Eine Dame, die hinter ihnen saß, drehte sich um und sagte zu Elvira: „Er lag auf dem Bauch, oder?" Elvira antwortete schlagfertig: „Ja, auf meinem" und setzte zu ihrem klirrenden Lachen an. Das verstummte aber schnell wieder, weil sich gleich mehrere Leute nach ihr umdrehten. „O ja," flüsterte Schorschi, „ich konnte ja nicht ahnen, dass hier einer Deutsch versteht." Die Dame hinter ihnen grinste ihn an und sagte: „Je vous demande pardon?" Schorschi sagte zu Elvira: „Das ist der Moment, in dem ich bedaure, kein Chinesisch zu sprechen. Warum bist du denn nervös? „Was für eine Frage! Wir sitzen hier nicht nur bei Sotheby's, es geht vermutlich in wenigen Minuten um Millionen für uns." „Komisch," sagte Schorschi, „ich bin ganz ruhig. Ich glaube auch, dass das für uns sehr gut ausgeht." „Und wenn keiner bietet?" „Darum mache ich mir keine Sorgen. Die werden schon bieten. Unterschätz das Auktionshaus nicht. Die Auktionatoren solcher weltberühmten Häuser haben Erfahrung darin. Und laut Katalog beträgt das Mindestgebot für unseren Tizian zehn Millionen Pfund. Da sollten wir ganz zuversichtlich sein." „Ich bin trotzdem nervös, je näher der Versteigerungstermin rückt."

„Jetzt kommt erst mal ein Collier zur Versteigerung," sagte Schorschi.

Und so sah das auch der Auktionator. „Ein Collier aus dem Nachlass der schottischen Gräfin Sutherland," erklärte er, „vermutlich von Gräfin Anne zu feierlichen Anlässen getragen." Ein grauhaariger, elegant gekleideter älterer Herr hob die rechte Hand und sagte: „Two thousand!" Von der anderen Seite des Raumes meldete sich ebenfalls ein Herr und sagte: „Three thousand Pfund!"

Die junge Dame, die neben dem grauhaarigen Herrn saß und altersmäßig durchaus seine Tochter hätte sein können, redete heftig auf ihn ein, bis er sich wieder meldete und sagte: „Four thousand Pfund!!!" Da keiner mehr bot, erhielt der alte Herr den Zuschlag und bekam von seiner Begleiterin einen Kuss auf die Wange. Das bisschen Stoff, das sie am Leib trug und das ihren Körper bedeckte, hätte sie auch zu Hause lassen können. Die weiteren Belohnungen für dieses edle Geschenk standen dem grauhaarigen Herrn wohl damit noch am Abend bevor.

Als nächstes gelangte ein sogenannter Challenge-Cup zur Versteigerung. Der Auktionator erklärte, dass es sich um einen Pokal handelte, den der Engländer Fred Perry für einen seiner Siege in Wimbledon gewonnen hatte. Perry war dreifacher Wimbledonsieger, was einem Engländer nur sehr selten gelang und schon deshalb für Tennisliebhaber und Trophäensammler ein ganz besonderes Objekt war. Es handele sich um einen Pokal in Sterling Silber aus dem Jahre 1934, in dem Perry der erste seiner drei aufeinander folgenden Wimbledonsiege gelang. Und noch etwas sei für den Wert des Pokals besonders anzumerken: Er wäre in Handarbeit von dem weltbekannten Juwelier Tiffany gefertigt worden. Es gab auch prompt eine Wortmeldung: „Five thousand Pfund!" Diese wurde umgehend von einem Herrn mit „six thousand Pfund" überboten. Der erste Bieter schien besonderes Interesse an dem Stück zu haben und erhöhte gleich auf „eight thousand!!"

Da kein höheres Gebot mehr kam, hatte der Challenge-Cup somit auch den Besitzer gewechselt.

Die Spannung für Elvira und Schorschi wurde nun doch unerträglich; denn jetzt war der Tizian an der Reihe.

„Ladies and gentlemen," begann der Auktionator feierlich und dem Anlass angemessen und erklärte den Anwesenden, dass nun der absolute Höhepunkt und das Top-Objekt dieser Auktion zur Versteigerung kam. „Ein Meisterwerk, Schmuckstück und Wertanlage gleichermaßen," sagte er, „vor etwa 450 Jahren von Tizian, dem Meister der Hochrenaissance, gemalt, steht nun zum Verkauf. Ladies and gentlemen, ich bitte um Ihr Gebot für das Gemälde Mariä Himmelfahrt von Tizian."

Kurze Zeit tat sich gar nichts. Es war still im Raum. Fast schon andächtig. Dann hob eine Dame in der ersten Reihe die Hand und sagte: „Twelve million!" Der Auktionator wiederholte: „Twelve million." Wieder war es andächtig still. Dann meldete sich ein Herr im weißen Anzug und mit Sonnenbrille: „Thirteen million." Der Auktionator wiederholte mit monotoner Stimme: „Thirteen million." Die Spannung, insbesondere natürlich für Elvira und Schorschi, war kaum zu überbieten. Aber das Gebot wurde noch überboten. Wieder hob die Dame in der ersten Reihe die Hand und sagte:

„Fourteen million." – „Fourteen million," wiederholte der Auktionator, „fourteen million Pfund!" Der Herr im weißen Anzug und mit der Sonnenbrille erhob sich kurz von seinem Platz. Vermutlich wollte er sehen, wer da seine Widersacherin war. Er hob wieder die rechte Hand, seine Stimme klang etwas energischer: „Eighteen million!"

Es blieb ruhig. Bis der Auktionator feststellte: „Achtzehn Millionen Pfund zum Ersten, zum Zweiten und zum Dritten!" Elvira stieß Schorschi mit dem Ellenbogen in die Rippen. Und Schorschi flüsterte: „Zwanzig Millionen Euro!!!" „Mir ist schwindelig. Mir ist schlecht. Ich muss noch einen Moment sitzen bleiben," sagte Elvira. „Zwanzig Millionen Euro, Elvira," sagte Schorschi noch einmal, „zwanzig Millionen!!!" „Mir ist so schlecht!" „Ja," sagte Schorschi lachend, „von Reichtum kann einem auch übel werden. Und wenn er einem zu Kopf steigt, kommt auch noch Schwindel dazu."

Elvira und Schorschi zogen Arm in Arm die halbe Nacht durch Londons Nachtleben und feierten ihren Erfolg und künftigen Reichtum. Nach der dritten Bar hatten sie ihren Dialog des Tages gefunden. Einer sagte: „Nur nicht auffallen!" Und der andere antwortete: „Das glaubt uns morgen keiner!" Und jedes Mal folgte das klirrende Lachen von Elvira. So standen sie an der Bar mit einem Glas in der Hand. „Na, dann Prost mein teurer geliebter Freund!" „Prost, meine teure geliebte Freundin. Nur nicht auffallen!" „Das glaubt uns morgen keiner!" Wie sie in dieser Nacht in ihr Hotelzimmer gekommen sind, daran konnte sich keiner von beiden erinnern. Ihre Kleidungsstücke lagen verteilt im Zimmer herum, auf der unbedeckten Brust von Schorschi stand mit Lippenstift geschrieben: „I love you!" „Warum hast du das gemacht?" fragte Schorschi. „Es reicht doch, wenn du mir sagst, dass du mich liebst." „Ich war das nicht," sagte Elvira, „ich habe gar keinen Lippenstift in dem Farbton." „Und wie kommt das auf meinen Körper?" „Das weiß ich nicht." Als Elvira aus dem Bad zurückkam, sagte sie: „Guck dir das an! Aber das warst du, oder?" Auch Elvira hatte „I love you" auf die Haut gemalt, und Schorschi beteuerte, dass auch er es nicht war und sich nicht erinnern konnte, wie und wo das in der Nacht passiert ist. „Ich kann mich aber auch ab einer gewissen Zeit an gar nichts mehr erinnern," sagte Elvira. „Wo waren wir denn überall?" „Ich glaube, in allen Pubs und Nachtbars von London," sagte Schorschi. „Mir ist so, als wenn man uns irgendwo gesagt hätte, hier ist Ausziehzwang." „Ausziehzwang? Was ist das denn für ein Wort? Und dann auf Englisch?" „Ich hab noch nie so gut Englisch gekonnt wie heute Nacht." „Und das wurde dann wohl mit dem Schriftzug auf deinem Körper belohnt." „Gut, dass du den Schriftzug auch auf der Brust hast. Dann weiß ich wenigstens, dass wir zusammengeblieben sind und uns in der Nacht nicht getrennt haben." „Ich brauche jetzt erst mal einen starken Kaffee!" sagte Schorschi. „Ja, den brauche ich auch," sagte Elvira, „zur Not auch einen englischen....."

„Ich bin froh, wenn die Baustelle hier vorbei ist," sagte Gina. „Wir haben es bald geschafft," sagte Floh, „man erkennt doch jetzt schon, wie es wird. Und wie gefällt es dir bisher?" „Ich vertraue dir. Ich glaube, es wird gut." „Schön, dass du mir vertraust. Die Zimmer sind ja schon fertig. Da kommt nur noch in jedes Zimmer eine Minibar." „Eine Minibar?" „Ja, das muss schon sein. Jeder Gast soll zur Tages- und Nachtzeit ein gekühltes Getränk bereitstehen haben." „Das wird ja richtig nobel," sagte Gina, „und goldene Zimmernummern haben wir jetzt auch." „Jetzt wird noch der Empfang neu gemacht," sagte Floh, „das ist auch wichtig. Der Empfang ist wie eine Visitenkarte, der erste Eindruck, den man beim Betreten des Hotels bekommt. Und dann kommt noch eine ganz neue moderne Küche." „Eine neue Küche willst du auch noch?" „Das ist wichtig, Gina. Ich möchte, dass wir das erste Hotel am Ort werden. Für drei Sterne werde ich kämpfen!" „Mein Lieber, das sind aber hohe Ziele," sagte Gina, „dazu reichen doch meine Kochkünste gar nicht aus." Floh lachte. „Es reicht, wenn du mir auch in Zukunft Kaffee kochst. In der Küche musst du nicht mehr stehen, da wird ein Chefkoch sein. Von mir aus ein junger, ehrgeiziger Mann. Er muss nur das Ziel haben, ein Spitzenkoch zu werden. Dann ist er genau richtig für uns." „Und ich soll nur noch Kaffee kochen?" „O nein!!! Wir beide leiten das Hotel, wir müssen repräsentieren, Probleme lösen und auf Wünsche der Gäste eingehen. Wenn wir in der Halle mit der Baustelle fertig sind und die neue Küche da ist, dann kommt zum Schluss nur noch der Außenbereich, den will ich auch neu und viel einladender gestalten." „Ich hätte es nicht zu träumen gewagt, dass Amore Mare noch einmal so herausgeputzt wird."

„Ich habe noch eine Sache in Deutschland zu regeln, die mir nicht aus dem Kopf geht," sagte Floh. „Eine Frau?" „Ja, eigentlich schon." „Eigentlich? Gibt es auch uneigentliche Frauen?" Floh lachte. „Nein, es geht schon um eine Frau. Aber mehr um eine Geschäftsbeziehung. Das ist eine lange Geschichte. Ich erzähle es dir später mal. Ich weiß gar nicht, ob sie überhaupt noch mit mir spricht. Sie heißt Elvira, ist eine Kunsthändlerin." „Warst du das nicht auch?" „Ja, früher. In letzter Zeit habe ich überwiegend Expertisen gemacht. Damit hängt auch unsere Geschichte zusammen. Ich habe es Elvira zu verdanken, dass ich dir mit den Hypotheken helfen konnte und wir beide jetzt gemeinsam das Hotel haben werden." „Das macht mich schon neugierig!" „Ich müsste erst mal herausfinden, ob sie überhaupt noch mit mir spricht. Ich bin, wie man so sagt, bei Nacht und Nebel auf und davon." „Und sie hat dich gesucht?" „Das weiß ich nicht. Sicher wird sie versucht haben, mit mir Kontakt aufzunehmen oder mich zu besuchen und hat dann irgendwie erfahren, dass ich dort alles aufgegeben und verlassen habe. Es ist eine lange Geschichte, Gina. Aber du könntest mir helfen herauszufinden, ob sie überhaupt noch mit mir redet." „Ich??? Wie soll ich das denn machen?" „Indem du sie mal anrufst, ihr Grüße von mir bestellst und ihr sagst, dass ich gerne mal mit ihr reden würde. Ich schreibe dir die Telefonnummer auf." „Das muss ich mir noch überlegen, ob ich das will, ohne zu wissen, was da zwischen euch überhaupt war." „Ich erzähle es dir ja. Im Moment geht es doch nur darum herauszufinden, wie sie reagiert, wenn sie meinen Namen hört." „Ich überlege es mir!"

„Hier ist das Hotel Amore Mare. Mein Name ist Gina." „Wer ist dort?" fragte Elvira. „Hotel Amore Mare," wiederholte Gina. „Ich nehme an, Sie haben sich verwählt." „Das weiß ich nicht. Ich hätte gerne die Kunsthändlerin Elvira gesprochen." „Ja, die bin ich. Und wer sind Sie? Was möchten Sie und woher haben Sie meine Handynummer?" „Mein Name ist Gina. Ich rufe Sie im Auftrag von Floh an." „Von Floooooh???" „Er lässt Sie grüßen." „Ist er nicht mehr auf der Flucht? Macht er bei Ihnen Urlaub?" „Eigentlich nicht. Floh und ich haben hier gemeinsam das Hotel." „Ach, hat er Asyl bei Ihnen gefunden? Hat er Anteile am Hotel erworben? Geld hat er ja. Sagen Sie mal, hat Floh Ihnen erzählt, von wem er das Geld hat?" „Das ist jetzt ein bisschen indiskret," sagte Gina, „aber es stimmt, er hat sich an dem Hotel beteiligt. Eigentlich sollte ich Sie nur fragen, ob Sie böse mit ihm sind oder ob sie mit ihm sprechen wollen." „Von wem das Geld kommt, mit dem er sich an dem Hotel beteiligt hat, wissen Sie also nicht? Es war doch vorher schon Ihr Hotel, habe ich das so richtig verstanden?" „Ich weiß nicht, ob ich da jetzt noch mehr zu sagen sollte. Das wird Floh gar nicht recht sein. Ja, das Hotel gehörte mir. Aber ich hätte es nicht halten können, wenn Floh mir nicht helfen würde." „Und von mir hat er Ihnen nichts erzählt? Sie haben einfach nur meine Handynummer und sollen mich anrufen!?" „Floh wird es mir noch erzählen, das hat er auch gesagt." „Richten Sie ihm bitte aus, bevor er mir unter die Augen kommt, soll er seine Lebensversicherung erhöhen. Das wäre für ihn sinnvoll!!!" „Das soll ich ihm so sagen?" „Ja, sagen Sie ihm das so." „Keine Grüße?" „Ich denke, das reicht als Gruß!" „Trotzdem danke für das Gespräch." „Gina ist Ihr Name, ja?" „Ja." „Machen Sie es gut, Gina." „Danke, Sie auch…."

„Floh, ich glaube, es war keine so gute Idee, dass ich die Elvira angerufen habe." „Du hast mit ihr gesprochen?" „Ja." „Und was sagt sie?" „Sehr viel. Vor allem sagt sie, du sollst deine Lebensversicherung erhöhen." „Das ist typisch Elvira." „Floh, du solltest mir jetzt endlich die ganze Geschichte erzählen. Was hattest du mit Elvira zu tun? Was weiß sie von dir? Was hat sie mit deinem Geld zu tun?" „Davon hat sie gesprochen?" „Sie hat gefragt, ob du mir erzählt hast, woher das Geld stammt, dass du hier ins Hotel investierst." „Woher weiß sie denn, dass ich hier ins Hotel investiere???" „Floh, sie hat immer nur gefragt. Ich habe es ihr erzählt, dass wir das Hotel gemeinsam haben. Ich habe ihr gleich gesagt, dass ich gar nicht weiß, ob dir das überhaupt recht ist, wenn ich ihr das erzähle. Bist du jetzt böse?" „Nein, nein, Schatz. Ich kenne die Elvira. Die ist so raffiniert und kann einen so überrumpeln. Von sich hat sie nichts erzählt? Nichts von einem Gemälde?" „Gemälde? Was denn für ein Gemälde?" „Das ist ja die Geschichte, die ich dir erzählen muss. Elvira war als Kunsthändlerin in einer Fernsehsendung, und ich sollte die Expertise für ein Gemälde machen, das ein Italiener zur Versteigerung mitgebracht hatte." „Versteigerung im Fernsehen?" „Ja, die ganze Sendung ging darum. Da konnten Leute ihre Schätze mitbringen, die sie gerne verkaufen wollten, sie wurden von Sachverständigen bewertet, und die Kunsthändler konnten dann bieten und kaufen." „Und da war ein Gemälde?" „Ja, ein sehr wertvolles Gemälde. Und ich hatte der Elvira den Tipp gegeben, es auf jeden Fall zu ersteigern. Und für diesen Tipp hat sie mir eine Million Euro in bar gegeben?" „Eine Million??? Für ein Bild? Für einen Tipp? Wieviel kostet denn dann das Bild?" „Ich weiß es nicht. Auf jeden Fall viele Millionen." „Und dann?" „Dann habe ich darin die Chance meines Lebens gesehen, meinen kleinen Laden verkauft und bin mit dem Koffer und der Million aus meinem früheren Leben verschwunden. Ich wollte irgendwo neu anfangen. Und ehrlich gesagt wollte ich auch sichergehen, dass da nicht noch ein Nachspiel auf mich zukommt wegen der Expertise." „Elvira und du, ward ihr ein Paar?" „Nein!" „Hast du mit ihr geschlafen?" „Gina, ihr Frauen könnt so furchtbar direkt fragen!" „Habt ihr oder habt ihr nicht?" „Och Mensch, - ja, wir haben ein paar Mal miteinander geschlafen. Da müsst ihr euch nicht wundern, wenn es heißt *wir müssen reden,* dass wir Männer ein Problem damit haben." „Es geht doch nur darum, dass ich keine Geheimnisse mag. Ich habe ja kein Recht, dir irgendetwas vorzuwerfen. Aber nachdem ich mich mit dir eingelassen habe, möchte ich schon wissen, woran ich mit dir bin. Verstehst du das? Ich möchte dir vertrauen. Und das kann ich nicht, wenn ich immer denken muss, du verheimlichst mir was." „Jetzt habe ich es dir ja erzählt. Und solange wir zusammen sind, kannst du dich auch auf

meine Treue verlassen. Ich liebe dich, Gina und wünsche mir, dass wir hier zusammen alt werden."
„Ja, Floh, das wünsche ich mir auch! Ich habe bei dir erst wieder gelernt, dass ich eine Frau bin, dass ich begehrt werde und dass ich Glück geben, aber auch Glück empfangen und annehmen darf. Das kannte ich doch bei Enrico gar nicht mehr. Ich bin zu lange nur belogen worden." Floh legte ihr einen Zeigefinger auf die Lippen. „Ist gut, mein Schatz, lass es jetzt los! Alles ist gut!" „Floh, du bist ein Geschenk, ein richtiges Geschenk." „Danke, Gina. Und bitte, vergiss das mit der Elvira."
„Ich will nicht daran denken, dass du mit ihr geschlafen hast. Aber eigentlich habe ich ihr ja dann mein Glück zu verdanken. Ohne sie wärst du wohl nicht in Cesenatico und nicht bei mir. Eine neue Liebe hat wohl nur eine Chance, wenn man bereit ist, die Vergangenheit hinter sich zu lassen."

„Schorschi, stell dir mal vor, wer mich angerufen hat." „Der Staatsanwalt?" „Nein." „Der Sonntag, jemand vom Sender?" „Nein." „Ein angenehmer Mensch?" „Also, das kann man so und so sehen. Den Menschen, der mich angerufen hat, kannte ich gar nicht. Das war eine Frau." „Ja, wie soll ich das denn dann raten?" „Aus einem Hotel in Italien hat sie mich angerufen. Im Auftrag von einem Mann hat sie mich angerufen." „Nun sag es schon, ich weiß es nicht." „Sie hat mich im Auftrag von Floh angerufen. Sie hat ein Hotel in Cesenatico. Und stell dir vor, der Floh hat sich da eingenistet." „Nee!!!" „Doch!!! „Und die hat dich angerufen? Was wollte sie denn von dir? Haben sie irgendwie spitzbekommen, dass wir das Bild verkauft haben?" „Das halte ich für unmöglich. Ich hatte eher den Eindruck, dass der Floh nur mal die Stimmung testen wollte und wahrscheinlich neugierig war, wie das mit dem Tizian weitergegangen ist. Er hängt ja in jeder Hinsicht mit drin und hat sich dann aus dem Staub gemacht." „Hast du mit ihm gesprochen?" „Nein. Ich habe dieser Gina gesagt, bevor er mir unter die Augen kommt, soll er seine Lebensversicherung erhöhen." Schorschi lachte. „Na, das klingt ja wie eine Drohung." „Das ist eine Drohung. Aber ich meine es nicht so. Nachdem wir das Bild bei Sotheby's gut versteigert haben, bin ich auch dem Floh nicht mehr böse. Soll er doch in Italien glücklich werden. Weißt du, was ich mir schon überlegt habe? Irgendwie waren doch der Sonntag, der Max Lampe, der Norbert und der Floh alle daran beteiligt. Erschreck dich jetzt nicht, Schorschi, aber sollen wir die zwanzig Millionen nicht durch sechs teilen? Dann hat doch immer noch jeder genug." „Was??? Du willst dem Lampe, dem Sonntag und allen über drei Millionen Euro schenken???"

„Ist das denn wirklich geschenkt, Schorschi? Sie sind doch irgendwie eigentlich alle daran beteiligt."

„Ausgerechnet du kommst auf so eine Idee!" „Was heißt denn ausgerechnet ich? Ich hätte ein schlechtes Gewissen, wenn wir beide uns die zwanzig Millionen alleine teilen. Denke einmal in Ruhe darüber nach. Das habe ich auch getan. Dann gibt es auch keine unangenehmen Rückfragen mehr. Dann sind wir alle in einem Boot. Vom Sonntag über den Lampe, den Floh bis zu uns drei Kunsthändlern. Wir können uns ja auf drei Millionen für jeden einigen, dann haben wir beide immer noch jeder vier Millionen." „Und die beiden Polizisten musst du auch noch beteiligen. Und den Staatsanwalt. Und einen Privatdetektiv." „Jetzt wirst du unsachlich, Schorschi!! Ohne die Sendung gäbe es den Tizian nicht. Und ohne den Tizian gäbe es die zwanzig Millionen nicht. Denk mal darüber nach, ob du wirklich mehr als vier Millionen für dich haben musst." „Was hältst du denn jetzt von einer kleinen Gesprächspause mit Bettruhe und einer Flasche Champagner dazu?" „Mein Körper verlangt danach!" „Dann lass uns jetzt nicht über Geld reden, wenn es so schöne Alternativen gibt." „Ja siehst du, die Alternativen müssen wir auch mit keinem teilen!" „Hoffentlich!!!"

„Hallo Herr Sonntag, hallo Norbert, hallo Max und Schorschi. Danke, dass ihr alle gekommen seid. Ich freu mich wirklich sehr darüber. Bestellt bitte jeder, was er trinken möchte. Die Getränke gehen auf meine Rechnung." „Hallo Elvira," sagten auch Herr Sonntag, Max Lampe und Norbert. „Wir sind ja fast das komplette Team aus der letzten Sendung," sagte Elvira, „Herr Sonntag wirkte hinter der Kamera, dafür fehlt heute der Floh. Dazu sage ich später noch etwas. Ich habe eine zumindest für mich gute Nachricht, ich habe den Tizian verkauft." „Das mit dem kompletten Team stimmt schon," sagte Stefan Sonntag, „aber ich bin nach wie vor beim Sender angestellt und da weisungsgebunden. Eure Verträge sind dagegen aufgelöst beziehungsweise ruhen."

„Darüber habe ich auch nachgedacht," sagte Elvira, „aber ich möchte Sie nicht ausschließen. Irgendwie gehören Sie ja doch dazu. Will die Sendeleitung denn immer noch etwas gegen meinen

Kauf des Bildes unternehmen?" fragte Elvira. „Ich darf dazu eigentlich gar nichts sagen," sagte Sonntag, „aber meines Wissens stellt unsere Rechtsabteilung den Fall ein. Abgesehen von den Zuschauerprotesten konnten ja keine Unregelmäßigkeiten und kein Betrug nachgewiesen werden."

„Es ist ja auch lächerlich," sagte Schorschi, „Elvira hat das Bild doch ganz normal ersteigert und bezahlt." „Da warst du aber damals ein bisschen anderer Meinung," sagte Max Lampe. „Lasst uns nicht von damals reden," sagte Elvira. „Ich sehe das übrigens nach wie vor genauso. Ich habe das Bild im Rahmen der Sendung und preislich über der Expertise gekauft. Also hat es mir ganz regulär gehört. Und jetzt habe ich es wieder verkauft." „Expertise ist das Stichwort," sagte Herr Sonntag, „dazu gab es die meisten Proteste und Unterstellungen."

„Wo ist der Floh eigentlich?" fragte Max Lampe. „An der Adria," sagte Elvira. „An der Adria?" wiederholte Sonntag. „Ja, er ist in

Cesenatico und will wohl auch da bleiben. Ich habe für den Tizian einen guten Preis erzielt und will euch alle ein bisschen an dem Gewinn beteiligen." „Das ist nett, aber ich kann das nicht annehmen," sagte Stefan Sonntag. „Lassen Sie mich erst mal ausreden. Ich möchte Sie alle zu einem Trip nach Italien einladen. Der Floh ist in Cesenatico an einem Hotel beteiligt. Dahin möchte ich mit euch fahren. Ein paar Tage Adria tut uns doch vielleicht allen gut. Ihr müsst nur mitfahren, alles andere übernehme ich." „Ehrlich gesagt, das klingt nicht schlecht," sagte Norbert. „Ich weiß nicht, ob ich das annehmen möchte," sagte Max Lampe. „Ich werde das auch nicht annehmen können," sagte Stefan Sonntag. „Mein Vorschlag geht noch weiter," sagte Elvira. „Das wird Ihr Sender doch überhaupt nicht erfahren," sagte Schorschi zu Sonntag. „Außerdem geht es doch den Arbeitgeber nichts an, wenn Sie in Ihrer Freizeit verreisen." „Was kommt denn noch für ein Vorschlag?"

fragte Max Lampe. „Ich möchte jetzt nicht über meinen Verkaufserlös reden," sagte Elvira, „aber ich verspreche jedem von euch, der mit nach Cesenatico fährt, mindestens eine Million in bar." „Eine Million?" fragte Lampe ungläubig. „Mindestens," sagte Elvira, „aber es wird mehr sein, es werden zwei Millionen für jeden und noch mehr sein." „Der Tizian scheint ja einen guten Preis gebracht zu haben," sagte Lampe. „Ich bin ja auch bereit, brüderlich mit euch zu teilen." „Jetzt lernen wir eine ganz neue Elvira kennen," sagte Lampe. „Und du wirst eine gute Beteiligung kassieren," sagte Schorschi. „Ich finde das sehr großzügig von Elvira," sagte Norbert. „Sie braucht ja keinem etwas davon zu geben." „Das würde auch nicht jeder machen," sagte Schorschi. „Und wie hoch der Verkaufspreis war, willst du uns nicht sagen?" fragte Lampe. „Später werde ich es euch sagen." „Wer hat das Bild denn gekauft?" fragte Stefan Sonntag. Elvira lachte: „Ein Herr im weißen Anzug und Sonnenbrille." „Du willst es uns nicht sagen?" „Doch, aber mehr weiß ich nicht über ihn. Er hat den Tizian bei Sotheby's in London ersteigert." „Warst du dabei?" fragte Lampe. „Ja, sonst wüsste ich ja nicht, dass der Käufer einen weißen Anzug und eine Sonnenbrille trug." „Warst du alleine in London?" fragte Schorschi grinsend. „Drecksack!" murmelte Elvira und sagte dann: „Ein Freund hat mich begleitet." „Das ist ja spannend," sagte Norbert, „eine Auktion bei Sotheby's." „O ja, das war sehr spannend," sagte Elvira. „Und was da alles versteigert wird! Schmuck aus schottischen Adelshäusern, ein Wimbledonpokal aus Sterling Silber, hergestellt von Tiffany, doch, das war ein einmaliges Erlebnis." „Wie verbleiben wir denn jetzt?" fragte Norbert. „Wenn ich früh genug den Termin weiß, ist das für mich kein Problem," sagte Max Lampe. „Ich bin auch dabei," sagte Norbert, und Herr Sonntag sagte: „Ich rufe dich an!" „Ja, bei mir ist es auch klar," sagte Schorschi.

„Das wird bestimmt eine schöne Tour nach Italien," sagte Elvira, „ich freu mich, wenn alle dabei sind und hoffe, Sie auch, Herr Sonntag!" „Ich rufe dich an, Elvira. Und bitte gerne Stefan anstatt Herr Sonntag."

„Ich hoffe, ihr habt alle Badezeug mit. In gut acht Stunden sind wir an der Adria", sagte Schorschi. „Fahr nicht so schnell," sagte Elvira, die neben ihm auf dem Beifahrersitz saß, „uns treibt doch keiner." „Nein, nein, ich fahre nicht zu schnell. Aber wenn wir gut durchkommen und nur eine Pause machen, dann sind wir vor Sonnenuntergang da." „Irgendwie freue ich mich jetzt darauf," sagte Stefan Sonntag, der hinten zusammen mit Norbert und Max Lampe saß. „Aber ich brauche keine Fahranweisungen unterwegs," sagte Schorschi lachend. „Na ja, wenn du die falsche Strecke fährst, müssen wir es dir schon sagen," sagte Elvira. „Nicht, dass wir heute Abend in Polen landen," sagte Norbert lachend. „Ganz sicher nicht," sagte Schorschi. „San Marino oder Rimini," das kann passieren. „Aber von da könnt ihr zu Fuß nach Cesenatico laufen." „Wieviel Kilometer sind das?" fragte Lampe. „Von Rimini? Wie von Gelsenkirchen nach Dortmund." „Nein, von hier nach

Cesenatico." „Das sind etwa siebenhundert Kilometer. Wie gesagt, in acht Stunden bequem zu schaffen." „Wer geht schon freiwillig von Gelsenkirchen nach Dortmund!?" sagte Stefan Sonntag. „Ein heikles Thema," sagte Schorschi lachend. „Dann lasst uns kurz über Geld reden, nachdem wir jetzt alle hier so schön zusammen sind," sagte Elvira. „Ich habe mich entschlossen, jedem von euch von meinem Erlös für den Tizian drei Millionen Euro mitzugeben." „Drei Millionen!" wiederholte Sonntag, „bei der Summe muss man sich ja vom Arbeitgeber gar nichts mehr sagen lassen." „Das ist mehr als großzügig von dir," sagte Lampe, „das sieht ja schon fast nach einem Schuldgefühl bei dir aus, Elvira." „Max, wenn du das nicht zurücknimmst, lasse ich dich hier aussteigen!" sagte Schorschi. „Du bist hier jetzt nicht mehr der Chef. Und auch für Moderatoren gelten Regeln." „So habe ich das doch gar nicht gemeint. Warum reagierst du denn gleich so?" „Weil

Elvira jedem drei Millionen schenkt. Da muss sie sich nicht auch noch solche Sprüche anhören." „Was soll das für eine Fahrt werden, wenn wir jetzt schon anfangen, uns zu streiten," sagte Elvira. „Ich sehe auch überhaupt keinen Grund für irgendein Schuldgefühl." „Ich habe das nicht so gemeint, Elvira!" sagte Lampe noch einmal. „Elvira, dazu hast du auch wirklich keinen Grund," sagte Schorschi, „das ist schon einmalig, was du hier machst!" „Das finde ich auch," sagte Sonntag. .„Mich haut es fast um," sagte Norbert, „ich hätte nie gedacht, dass ich einmal so viel Geld besitzen würde." „Du kannst ja was für einen guten Zweck spenden," sagte Schorschi. „Das werde ich auch tun!"

„Bella Italia, wir kommen!" sagte Elvira.

München – Innsbruck – Bozen – Verona – Bologna – Cesenatico. - Schorschi fuhr rechts ran, drehte die Seitenscheibe herunter und sagte zu einem Passanten: „Buona giornata. - Mi scusi." „Hallo, guten Tag," antwortete der Italiener. „Sie sprechen deutsch?" sagte Schorschi. Der Mann lachte: „Hier spricht jeder deutsch." „Können Sie uns helfen? Wir suchen das Amore Mare." „Das Amore Mare? Das gibt es nicht mehr." „Gibt es nicht mehr?" wiederholte Schorschi ungläubig. „Das kann doch nicht sein," sagte Elvira, „ich bin aus dem Amore Mare angerufen worden." „Fahren Sie hier geradeaus, zweite Straße biegen Sie links ab. Da fahren Sie direkt darauf zu. Es heißt nicht mehr Amore Mare. Es heißt jetzt Hotel Tizian." Wie ein Quartett tönte es aus dem Auto „Hotel Tizian???"

„Grazie molto, - vielen Dank!" sagte Schorschi, kurbelte die Scheibe hoch und fuhr los. „Hotel Tizian," habt Ihr das gehört? Natürlich hatten das alle gehört.

„Da hat der Floh ja ganze Arbeit geleistet," sagte Elvira. „Da musste er wohl auch für das Hotel seine Expertise abgeben," sagte Max Lampe lachend. „Und für eine Dame namens Gina," ergänzte Elvira. „Die wird er wohl einer besonders fachlichen Prüfung unterzogen haben!" „Ja, ja, mit Expertisen kennt sich der Floh aus," schloss sich auch Schorschi der Lästerei an. „Ich bin auf sein Gesicht gespannt, wenn wir dort ankommen," sagte Elvira. „Wir sind schon da," sagte Schorschi, „seht mal da, in großen Buchstaben HOTEL TIZIAN." „Das sieht aber von draußen sehr gut aus," sagte Norbert. „Das wird es wohl auch von drinnen sein," sagte Max. Schorschi lachte. „In der Operette Land des Lächelns heißt es: Doch wie's da drinnen aussieht, geht niemand was an." „O doch!" sagte Elvira, „uns geht das sehr viel an, wie es da drinnen aussieht." „Na dann, immer nur lächeln und immer vergnügt," ergänzte Norbert mit seinem Wissen über die Lehar-Operette. „Wollen wir jetzt

singen, oder gehen wir rein?"
fragte Schorschi.

Gina stand am Empfang. Sie hatte schon gesehen, dass da ein Auto mit deutschem Kennzeichen vor dem Hotel geparkt hatte. Schorschi begrüßte auch sie mit „Buona giornata." Gina lächelte. „Gäste aus Deutschland? Guten Tag die Herrschaften." „Guten Tag, gnädige Frau," sagte Stefan Sonntag. „Es ist schön, auf Deutsch begrüßt zu werden. Erst einmal die wichtigste Frage: Haben Sie fünf Einzelzimmer frei?" „Moment, ich schaue nach," sagte Gina, „das könnte schwierig werden ohne Anmeldung." „Ja, es war mehr oder weniger eine spontane Reise," sagte Schorschi, „bis wir uns alle einig waren." „Tut mir leid, die Herrschaften, „drei Einzelzimmer und ein Doppelzimmer kann ich Ihnen anbieten." „Dann kann ja Stefan mit Max das Doppelzimmer nehmen," sagte Norbert. „Warum nicht Norbert mit Max?" sagte Stefan. „Oder Norbert mit Stefan," sagte Max. „Oder Stefan mit Schorschi." Schorschi grinste. „Okay, ich nehme das Doppelzimmer." „Und mit wem?" „Mit Elvira." „Das könnte dir so passen," sagte Max Lampe. Da hat Elvira ja wohl auch noch ein Wörtchen mitzureden." Elvira ließ ihr schrilles Lachen vernehmen und sagte: „Ja, so machen wir das!!!" „Dann sind Sie sich einig?" sagte Gina. „Völlig einig! Und Sie sind wohl Gina, oder?"

„Ja, Entschuldigung, ich habe mich noch gar nicht vorgestellt, ich bin Gina. Woher kennen Sie meinen Namen?" „Wir haben telefoniert." „Ach! Dann sind Sie Elvira!?" „Ja, ich bin Elvira, die Kunsthändlerin, die Sie im Auftrag vom Floh angerufen haben. Wo ist er eigentlich?" „Floh hatte noch was zu besorgen. Er muss gleich wiederkommen. Der wird Augen machen!" „Ja, das glaube ich auch!" sagte Elvira. „Meine Freunde werden das Gepäck aus dem Auto holen. Wenn Sie ihnen dann bitte die Zimmer zeigen. Ich warte hier in der Halle auf den Floh, wenn Sie meinen, er ist gleich zurück." „Ja, das wird nicht lange dauern. Wollen wir dann, die Herren? Ich helfe Ihnen beim Ausladen." Während Schorschi, Norbert, Max und Stefan die Hotelhalle verließen, setzte sich Elvira in einen der dort für Gäste stehenden Sessel. Es dauerte auch wirklich nicht lange, bis Floh ins Hotel zurückkehrte. Er schaute nur kurz zu Elvira hinüber und sagte: „Hallo!" Elvira schlug die Beine übereinander, schob ihren Rock ein Stückchen nach oben und sagte: „Biona giornata, schöner fremder Mann!" Floh stutzte, ging ein paar Schritte auf sie zu und stammelte: „El, El, Elvira!?"

„Bitte? Was meinen Sie?" sagte Elvira. „Elvira!!!" sagte Floh noch einmal. „Signor, Sie verwechseln mich." „Elvira! Was soll das Theater. Dich erkenne ich aus tausend Frauen heraus. Darf ich dich in den Arm nehmen?" „Signor, ich schreie, wenn Sie mir näherkommen!" Floh schüttelte den Kopf. „Das darf doch nicht wahr sein!" „Wohnen Sie auch hier im Hotel?" fragte Elvira. „Bitte, hör doch mit der Komödie auf, Elvira. Ich freu mich, Dich zu sehen." „Die Freude wird dir vergehen!" sagte Elvira. „Ja, ich kann mir das vorstellen," sagte Floh. „Aber das können wir doch hier in der Halle nicht klären. Bist du alleine?" „Nein, ich habe den Schorschi, den Norbert, den Stefan Sonntag und den Max Lampe mitgebracht." „Och bitte, hör doch mal kurz mit den Späßen auf." Da war wieder dieses schrille klirrende Lachen von Elvira. „Floh, das ist kein Spaß. Sie sind alle hier. Übrigens, Tizian, ein schöner Name für das Hotel."

„Gibst du mir die Gelegenheit, in Ruhe über alles zu reden?" „Ja, die gebe ich dir!" „Du willst die Million zurück, oder? Ich habe sie nicht mehr. Ich habe hier in das Hotel investiert, sonst wäre es unter den Hammer gekommen."

„Apropos unter den Hammer kommen. Was ist denn aus dem Gemälde geworden? Hast du es noch?" „Nein, es ist auch unter den Hammer gekommen." „Du hast es verkauft?" „Besser gesagt, Sotheby's haben es verkauft." „Sotheby's in London???" „Ja, in London. Da sind die wohl immer noch." „Und die haben das Bild versteigert?" „Ja, ganz recht, die haben es versteigert. Und bevor du jetzt fragst, für wieviel Euro, sage ich es dir freiwillig: Gar nicht für Euro, sondern für englische Pfund." „Ja, das hätte ich mir denken können. Du scheinst ja sehr lustig zu sein heute. Hast du einen Clown gefrühstückt?" In dem Moment kamen die Männer wieder zurück in die Halle. „Wir reden über alles," sagte Elvira zu Floh. „Musst du denn dann von mir das Geld zurückhaben, wenn das Bild verkauft ist?" „Floh, ich sage doch, wir reden über alles."

„Ach, Ihr habt euch schon getroffen?" sagte Schorschi zu Elvira und Floh. „Du siehst noch so gesund aus, Floh. Hat sie dir noch keine Knochen gebrochen?" „Das wundert mich auch," sagte Max Lampe, „und den Wagen der Ambulanz habe ich auch noch nicht gehört." „Jetzt lasst doch mal den Floh in Ruhe," sagte Stefan Sonntag, „wollen wir nicht auf unser Wiedersehen etwas trinken?" „Endlich ein guter Vorschlag," sagte Norbert. Und auch Schorschi meinte: „Das ist nach der langen Autofahrt keine schlechte Idee," „Will die Elvira wirklich mit dem Schorschi das Doppelzimmer nehmen?" flüsterte Stefan dem Max zu. „Das sieht ganz danach aus," flüsterte Max, „das erklärt natürlich dann auch einiges aus der Vergangenheit." „Willkommen im Hotel Tizian," sagte Floh, „dann werde ich mich mal um die Getränke kümmern. Natürlich seid ihr meine Gäste!" „Du hast uns auch viel zu erzählen," sagte Max. „Das mache ich!!! Ich glaube, wir haben uns alle viel zu erzählen. Das ist ja verrückt, dass die ganze Truppe der Sendung jetzt hier in Cesenatico im Hotel zusammensitzt." „Noch verrückter ist, dass das Hotel Tizian heißt," sagte Sonntag." Elvira lachte und sagte: „Ja, wohl deswegen, weil Hotel Floh nicht so ganz gut klingt für gepflegte Hotelbetten." Da in dem Moment auch Gina dazu kam, ergänzte Elvira lachend. „Aber ich kann mir schon vorstellen, dass hier jemand auch schon mal einen

Floh im Bett hatte." „Wer hat hier einen Floh im Bett?" fragte Gina. Inzwischen war auch der Wein auf dem Tisch und in den Gläsern. „Gina, wollen wir uns duzen?" fragte Elvira. „Gerne. Zum Wohle, ich bin Gina." „Ich bin Elvira." „Und ich bin durstig," sagte Schorschi, „sehr, sehr durstig!" „Der Wein ist gut," lobte Stefan Sonntag. Und Max Lampe und Norbert schlossen sich ebenso dem Urteil an wie Schorschi und Elvira. „Das Hotel Tizian kann ich jetzt schon weiterempfehlen," sagte Elvira, „und habe die Zimmer noch gar nicht gesehen und das Bett nicht ausprobiert." „Einen Floh wirst du darin nicht finden," sagte Gina. Floh und Elvira guckten sich vielsagend an. Da gab es wohl gegenseitige Gedanken an frühere Zeiten. „Zerquetschen würde ich ihn!" sagte Elvira. Ob sie damit das Ungeziefer oder den Kunstexperten Floh meinte, blieb ihr Geheimnis. Der Gedanke war für sie schon seltsam, wenn sie sich ihn mit Gina vorstellte. Aber sie hatte ja nun Schorschi.

„Elvira, bist du gekommen, weil du Geld von mir zurückhaben willst?" fragte Floh. Elvira lachte. „Nein, ich gebe dir noch zwei Millionen dazu." „Das ist nicht fair von dir. Seitdem du hier bist, verarscht du mich. Für mich ist das ein echtes Problem." Elvira lachte nur. „Du hast mich doch gesucht und nicht umgekehrt. Gina hat mich doch in deinem Auftrag angerufen." „Ja, das ist ja alles so dumm gelaufen." „Gelaufen bist du," sagte Elvira, von ihrem klirrenden Lachen begleitet. „Ja, ich weiß, es tut mir ja auch leid, dass ich damals einfach abgehauen bin. Ich hatte Angst, dass die Sache mit dem Tizian eskaliert. Und da war die verführerische Million von dir in dem roten Koffer." „Und jetzt ist der Koffer leer?" „Elvira, die Million habe ich nicht mehr. Aber wenn du darauf bestehst, zahle ich es dir zurück. Obwohl wir doch eine Vereinbarung hatten, nach der mir das Geld zustehen würde." „Hörst du mir eigentlich gar nicht zu, Floh? Ich habe dir doch eben gesagt, ich gebe dir noch zwei Millionen dazu." „Warum kann man mit dir nicht sachlich und in Ruhe darüber reden?" „Wir müssen nicht reden. Gib mir deine Kontonummer, und ich überweise dir aus dem Verlauf von dem Bild noch zwei Millionen. Was meinst du, warum wir alle so schiedlich-friedlich gemeinsam hier sind? Ich habe alle an dem Erlös für den Tizian beteiligt." „Das ist dein Ernst?" „Schreib mir deine Bankverbindung auf, den Rest erledige ich." „Du meinst das im Ernst!? Ich kann das gar nicht glauben." „Doch, das kannst du glauben. Warum soll ich das Geld für mich alleine behalten? Es reicht doch für uns alle." „Elvira, ich könnte dich……" „Nein, lieber Floh, das kannst du nicht. Das war einmal, dass du mich konntest. Jetzt kannst du mich nicht mehr. Wenn ich das richtig verstanden habe, hast du dazu auch jetzt die Gina, oder?" „Ich weiß nicht, was du meinst, aber es ist wohl so. Und du? Schorschi?" „Es ist wohl so!" „Wie hast du denn den Sonntag und den Lampe ins Boot geholt?"

„Für drei Millionen in bar ist das alles gar nicht so schwer, mein Lieber. Da klettern sie auch ins Boot." „Eine tolle Crew!" „Man muss sich nur etwas näher kennen. Die sind gar nicht so übel. Und eigentlich hat doch jeder seinen Job machen wollen. Deine Expertise hat vieles verändert, aber die Menschen bleiben eigentlich doch die gleichen. Und man nimmt sie auf einmal anders wahr. Ich freu mich, dass alle im gleichen Boot sind." „Du bist wunderbar, Elvira!" „Ich weiß. Für mich könntet ihr bei Sotheby's auch einen guten Preis erzielen." „Aber doch wohl nicht als Kunstwerk der Renaissance!" „Floh, mit solchen Bemerkungen lebst du gefährlich. Sehr gefährlich!" „Der Satz war doch noch gar nicht zu Ende. Ich wollte sagen: „Sondern als ein unbezahlbarer Schatz der Gegenwart." „Das lasse ich gelten. Immer noch der alte Charmeur!"

„Setzt euch!" sagte Floh. „Na, das muss ja wichtig sein, dass du uns hier alle zusammengetrommelt hast." „Wichtig?" sagte Floh. „Ich weiß nicht, ob das wichtig ist. Aber das ist der absolute Brüller. Das haut euch alle miteinander vom Hocker." „Meine Güte," sagte Elvira, „da übertreibt aber einer." „Gina kocht uns noch eine Kanne Kaffee," sagte Floh. „Eben ist die Il Correre della Sera gekommen." „Wer ist das denn?" fragte Max. „Das ist die italienische Zeitung mit der höchsten Auflage. Da steht heute auf der Titelseite: „Scandalo artistico. – Glaubt es mir, ein Artikel, der euch umhaut. Gina wird uns das gleich vorlesen und übersetzen." „Ja, du machst uns ja wirklich neugierig," sagte Sonntag, „Scandalo hört sich nach einem Skandal an." „Ja, das soll es auch heißen. Aber ein sehr lustiger Skandal wird da beschrieben." Als Gina mit dem Kaffee kam, fragte Floh: „Hast du die Zeitung mitgebracht`?" „Ja!" „Dann sei so lieb, und lies uns den Artikel über den Skandal vor."

Gina hielt die Zeitung in der Hand und las: „Scandalo artistico. –Il mondo sta ridendo della Gran Bretagna, - das ist hier in fetten Lettern die Überschrift. Das heißt soviel wie: Kunstskandal. – Die Welt lacht über Großbritannien."

„Übersetz es bitte gleich und lies in Deutsch weiter." „Ja, natürlich. Wie sollen wir es nennen? Der größte Lacher, der größte Brüller, die größte Panne, die größte Peinlichkeit im Königreich seit dem Brexit. Dabei sah alles ganz harmlos und alltäglich aus. Im berühmten Auktionshaus Sotheby's in London ist ein Gemälde des Altmeisters Tizian aus dem 16. Jahrhundert versteigert worden." – „Oh je!!!" sagte Elvira.

„Lies weiter, Gina," sagte Floh.

„Der Tizian kam aus Privatbesitz und wechselte für über 17 Millionen Britische Pfund den Besitzer an einen unbekannten Kunstsammler. Das war natürlich so spektakulär, dass auch die Times darüber berichtet hatte. Die Geschichte wurde dadurch brisant, dass auch der Name des Gemäldes, nämlich Mariä Himmelfahrt, in dem Zeitungsartikel erwähnt worden war. Das rief den Monsignore Barodesi aus Venedig auf den Plan, Der rief in der Redaktion der Times an und erklärte dem verdutzten Redakteur folgendes:

Mariä Himmelfahrt ist das mit einer Höhe von 6,90 Metern und einer Breite von 3,60 Metern größte Bild des Malers Tizian. Es handele sich um ein auf Holz gemaltes Hochaltar-Bild und befinde sich nach wie vor in der Kirche Santa Maria Gloriosa del Frari in Venedig. Das recherchierte natürlich diesmal die Redaktion der Times und stellte fest, dass Monsignore Barodesi absolut die Wahrheit gesagt hatte und sich das Hochaltar-Bild Mariä Himmelfahrt nach wie vor wohlbehalten in voller Größe in der Kirche in Venedig befand. Was für ein vortrefflicher Aufmacher für die Times: Der größte Brüller seit dem Brexit. Zuerst lachten nur die Kunst-Experten, jetzt lacht ganz Großbritannien. Und bald wird die halbe

Welt darüber Tränen lachen. Nein, liebe Landsleute, es geht nicht um neue Enthüllungen von Prinz Henry. Es geht zurück bis ins 16. Jahrhundert. Und dann erklärte die Times ihren Lesern, wie es sich tatsächlich mit dem berühmten Gemälde von Tizian verhält. Von wem auch immer das bei Sotheby's für 17 Millionen Pfund ersteigerte Bild sein mag, Mariä Himmelfahrt von Tizian war es ganz sicher nicht."

Alle hatten Gina mit großer Spannung zugehört. „Das ist furchtbar," sagte Elvira, „6,90 Meter hoch auf Holz gemalt." Floh lachte und sagte: „O, diese Dilettanten. Es ist und bleibt ein echter Tizian!" – „In Venedig," sagte Elvira. „Auch der, den du in London verkauft hast," sagte Floh.

„Wenn wir ein großes Fest machen, bleibt ihr dann alle noch hier?" fragte Floh und fuhr nach einer kurzen Pause fort: „Gina, willst du meine Frau werden?" – „Ja, ich will!!!"

„Dann ein ganz großes Fest" sagte Schorschi, „wir haben es bisher noch geheim gehalten. Elvira, willst du meine Frau werden?" „Mein Körper verlangt danach. Ja, ich will!!!" sagte auch Elvira. Da stand Stefan Sonntag auf und sagte; „Wir haben es auch geheim gehalten, „Max, willst du meine Frau werden?" Max Lampe verfärbte sich. Ob das aber rosa war oder tizianrot, das lässt sich nicht mehr klären…….